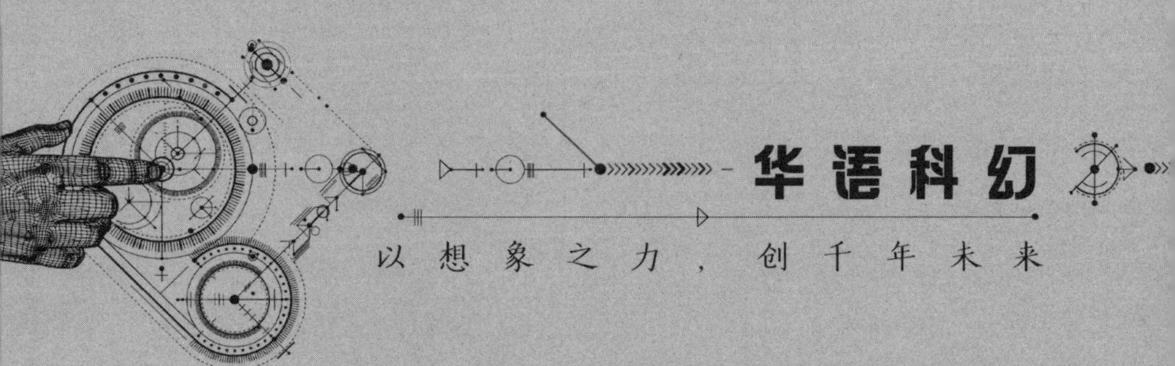
华语科幻
以想象之力，创千年未来

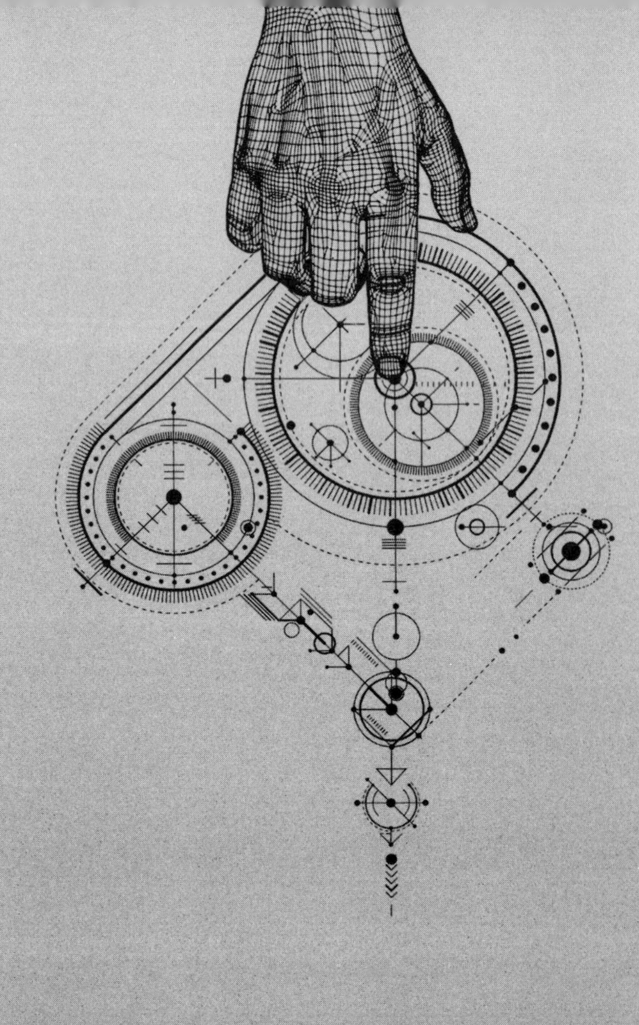

金涛科幻精品系列

台风行动

金 涛——著

科学普及出版社
·北 京·

图书在版编目（CIP）数据

金涛科幻精品系列．台风行动 / 金涛著．-- 北京：科学普及出版社，2024.1

（百年科幻）

ISBN 978-7-110-10618-1

Ⅰ．①金…　Ⅱ．①金…　Ⅲ．①幻想小说—小说集—中国—当代　Ⅳ．① I247.7

中国国家版本馆 CIP 数据核字（2023）第 084609 号

策划编辑　曹　璐　王卫英
责任编辑　王卫英
封面设计　书香文雅
正文设计　书香文雅
责任校对　吕传新　张晓莉
责任印制　徐　飞

出　　版　科学普及出版社
发　　行　中国科学技术出版社有限公司发行部
地　　址　北京市海淀区中关村南大街 16 号
邮　　编　100081
发行电话　010-62173865
传　　真　010-62173081
网　　址　http://www.cspbooks.com.cn

开　　本　720mm × 1000mm　1/16
字　　数　819 千字
印　　张　57
版　　次　2024 年 1 月第 1 版
印　　次　2024 年 1 月第 1 次印刷
印　　刷　天津泰宇印务有限公司
书　　号　ISBN 978-7-110-10618-1 / I · 665
定　　价　180.00 元（全 6 册）

（凡购买本社图书，如有缺页、倒页、脱页者，本社发行部负责调换）

目
录
Catalogue

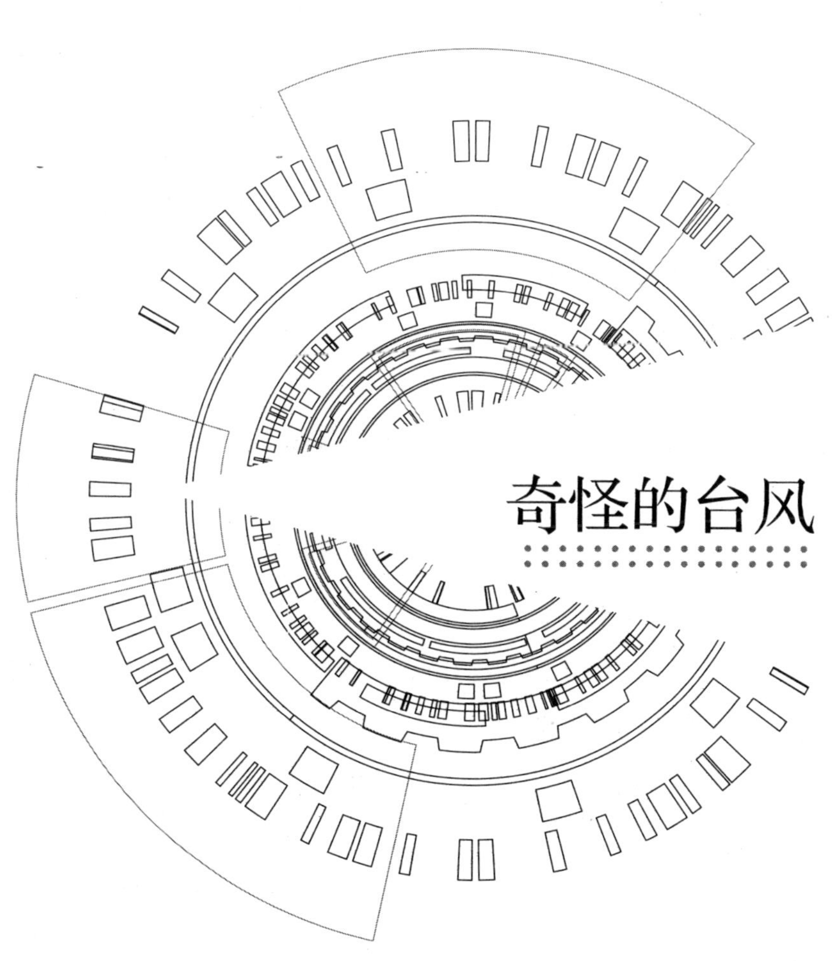

奇怪的台风

一辆开得极快、连最大胆的司机看见也会吃惊的银灰色无人驾驶汽车，响着沙哑的喇叭声，沿着被夕阳染成金黄的一条海滨公路，向青江市郊外的国际机场风驰电掣地飞奔而去。

这是一个晴朗的冬天下午，橙红色的落日斜挂在万顷碧波上空不到两尺高的地方，很快就要坠落了。从深蓝色渐渐变成灰暗色的海面刮来的阵阵海风，已经多少有些凉意，使人不禁感到季节已经转入寒冷萧瑟的冬天……

这辆无人驾驶汽车的喇叭声很快消失在冷清的海滩，它拐了几个弯，以极快的速度超越了前面几部车子，然后沿着两旁是光秃秃的钻天杨的高速公路，笔直驰往机场，在候机楼的停车坪停住了。

汽车的轮子还未停稳，车里跳出来一个身穿灰呢大衣的男人，他取出一只鼓鼓囊囊的浅蓝色旅行包，抬头瞅了一眼候机楼正面的大圆挂钟，不禁失声地叫道：“不好！”刹那间，他拎起旅行包，飞也似的跃上几层台阶，冲进候机楼的自动门，斜穿休息厅，径直朝登机桥奔去。

敞亮的乘客休息厅此刻冷清起来。该上机的乘客早已登机，中途下机的乘客有的到餐厅用膳，有的去行李房提取行李，只有三五个年轻姑娘在可鉴人影的地板上慢悠悠地推着吸尘器，还有几个在收拾茶几上的杯子。把守在登机桥入口的那位笑容可掬的老检票员，透过玻璃窗，悠闲地眺望着停机坪上那架即将起飞的波音999客机，低声地哼着小曲。看样子送走这批客人，他就可以下班美美地喝两盅了。

停机坪上那架体型像只鲸鱼的巨型客机做好了起飞准备，隔着很厚的钢化玻璃窗可以听见涡轮喷气发动机愈来愈响的吼声，离起飞时间只有最后五分钟了……

就在这时，一阵急促的脚步声把老检票员的视线从窗外拉回，他猛地回过头，眯缝着眼睛打量这个姗姗来迟的乘客。他习惯地瞥了一眼对面墙上的电子钟，幸好还有最后五分钟，来得及。接着他默默地用最快的速度检查了对方的机票和护照。当他的目光接触到护照上面的姓名——赵鹏，老检票员的脸上顿时堆满了笑容。

“祝您一路顺风，教授！”他恭敬地向对方点点头说。

那个穿灰大衣的人含混地道了声“谢谢”，便迅速通过登机桥进入机舱。当他走过一条很长的甬道，在机舱后排靠近舷窗的角落找到预订的座位时，飞机已离开登机桥。顷刻之间，夕阳笼罩的青江市被远远地甩在后边，这架“巨鲸”跃上12000米的蓝天了……

赵鹏这时长长地舒了口气，他斜靠在柔软的沙发座上，摘下头上的灰色鸭舌帽，用手帕擦了擦额头和脖子周围。

赵鹏是典型的北方大汉，四十多岁，长得浓眉大眼，虎虎有神。由于长年累月在野外生活，尤其是经常接触海风、海水和阳光，他的脸膛像是镀了一层青铜似的保护色；他的一双眼睛由于海上生活养成的习惯，几乎经常是眯缝着的，但是当他突然凝神注视时，双眸却又迸射出炽热的光芒。他的外表很像一个远洋轮上的水手，或者说更像个举重运动员，唯独没有一点学者的风度。高大魁伟的身材，结实强壮的大手，满脸的络腮胡子，再加上他不太讲究衣着，使那些第一次和他接触的人很难相信他竟然是一位很有成就的海岛专家。

然而，他的确是赵鹏教授，老检票员一眼就把他认出来了……

大前天，赵鹏还在北太平洋6000米深的阿留申海沟里遨游。在那漆黑的、静谧无声的、充满神秘气氛的海底峡谷里，深海考察艇“抹香鲸”号像一只灵巧自如的海豚，悄无声息地贴着松软的洋底沉积物滑行。船首一排强力激光灯射出银白色的光柱，像漆黑夜空里缓慢移动的探照灯光，驱散了海底深渊的无边黑暗，不时可以看见一只只发出奇异光泽的海洋生物飞快地逃窜，快得像流星一样……赵鹏在这次太平洋洋底考察中，担任这艘考察船的科学顾问。他们的路线是沿着千岛海沟一直往南，从日本海沟直趋太平洋中最深的马里亚纳海沟，在那里和我国另一艘“海鸥”号海洋工程船会合，然后在水下11022米的地方设立一个固定的无人观测站。

但是，一个意外的情况打乱了赵鹏的计划。前天清晨，全国海洋研究中心打来紧急电话，通知他联合国海洋委员会在法国巴黎召开岛屿学术讨论会，会议的中心议题是交流有关幽灵岛的研究成果，指名邀请他出席，而且时间非常紧迫。这样一来，赵鹏不得不丢下手上的工作，单独浮出洋面，乘水上飞机返回设在青江市海滨的研究所。虽然他没有耽搁一分钟，可是离会议召开也仅仅剩下不到两天的时间了。他来不及和妻子见面，一头扎进计算中心，连夜和几名助手整理多年考察的有关幽灵岛的资料。两天两夜，他没有离开办公桌，没有休息，当他核对完最后一个数据，离飞机起飞只差35分钟了……

赵鹏擦完汗，接过空中小姐送来的一杯热气腾腾的咖啡，呷了几口，这才眯缝起眼睛向周围打量起来。这是他的老习惯，说得准确一点，是职业养成的怪癖。每到一个新的地方，不管是出差路过一个陌生的城市，还是旅行途中，坐在火车、轮船、飞机上，这位海岛专家就像来到一个从未涉足的海岛，无一例外都要仔细地调查一番，用他自己的话来讲，这是科学家最起码的基本功。

此刻，他双手捧着杯子，斜靠在座椅上，默默地开始了对周围环境的调查，只不过是用他的一双炯炯有神的眼睛，而没有用激光测距仪和地质锤而已。

“唔，这架波音999是最新型的旅客机，投入航线正式使用还不到半年，据称它的性能特别优良，适应任何恶劣气象条件和复杂情况，安全系数最高，时速1500公里……那太好了，今天晚上可以在巴黎过夜……对了，好好睡一觉……无论如何……已经两天两夜没有合眼，哪怕睡上一个小时……”赵鹏一面左右顾盼，一面暗自思量。

他乘坐的是中层客舱。波音999客机分上、中、下三层。下层是货舱；中层客舱的600个座位井然有序地排列在长条形的舱室里，舱室中部，一座铺着华丽地毯的金属楼梯通向头等客舱。

“哦，在那里……”赵鹏的眼睛突然一亮，目光沿着地毯向上移动。楼梯扶手挂着一块闪光的金属牌子，上面镀的一行醒目的英文即刻扑入眼帘：

“非头等舱乘客请勿入内！”

他蹙了一下眉头。这块盛气凌人的牌子把赵鹏熟悉环境的热情一下子打消了。他知道，头等客舱是专供政府首脑、百万富翁以及社会名流乘坐的，票价昂贵，令人咋舌。几个月前，各家报纸和电视的广告节目把波音999客机的头等客舱吹得神乎其神，说它是一套玲珑小巧的空中旅馆，富丽堂皇，舒适考究。据说最精彩的是每间客房都有不同的艺术风格。房间的实际面积并不大，但有的布置得酷似富有东方情调的日本庭院，有的如同风光绮丽的海滨别墅，也有的模仿中国的古典园林，透过玲珑剔透的窗棂，可以眺望山林怪石、柳荫荷塘的胜景，甚至不时飞入春雨扑窗的沙沙声哩！当然，这一切只不过是电子技术和建筑艺术的巧妙运用，但是谁没有追求新奇的心理呢？波音999客机独出心裁的舱室设计，收到了预期的效果，据称波音公司收到的订单雪片似的飞来。有人估计，用不了两三年，波音999大有取代各种型号的远程客机的可能……

赵鹏打了个哈欠，打消了参观一下头等客舱的念头，一阵难以抗拒的睡意向他袭来。

天气好极了，真可谓蓝天如洗，万里晴空，只是可惜近黄昏了。透过舷窗，俯视机翼下一掠而过的大地，那渐渐变得灰暗的苍茫原野，朦胧间像是有一条蜿蜒如带的河流依然闪动着金箔似的霞光，其他什么都难以分辨了。赵鹏突然产生了地球是多么渺小的感慨，但是这个念头仅仅是一闪而过，他觉得思维有些迟钝。波音999飞得非常平稳，觉察不出丝毫的颤动。舱室里很安静，坐在赵鹏旁边的几个日本女人正在聚精会神地看电视，不时咯咯地笑着，大概是电视里的精彩节目把她们逗乐了。空中小姐时不时送来饮料、水果和一些消愁解闷的流行杂志。赵鹏一连打了几个哈欠，顺手推上了舷窗的遮阳罩，把夕阳的最后一抹余晖挡在窗外了。

他确实感觉到从未有过的困倦，眼皮发涩得几乎睁不开了。很快，他便进入梦乡，发出一阵阵深沉的、有节奏的鼻息。他像是睡着了，但睡得并不踏实，脑子一刻不能安静下来。长达几个星期的对海洋深处的考察，那些刻在脑海中无法抹掉的记忆，浮动跳跃，时隐时现，死死地纠缠着赵鹏不放……

进入北太平洋的第二个星期，突然之间天气变坏了。墨黑如漆的乌云从四面八方聚拢过来，顷刻之间布满天空，连一丝丝缝隙也没有漏掉。考察船仿佛一下子掉进无底的深渊，15米高的巨浪疯狂般地涌上甲板、舰桥，像无数只章鱼的触手愤怒地扑打这艘钢铁怪物的躯体；浪峰呼叫着，撕碎一切可以触摸到的物件。船首甲板上的一艘水陆两用艇，被大浪卷了起来，像摆弄玩具般地抛上空中，接着又重重地摔进浪涛里，顿时粉身碎骨，连一块木屑也不剩了……

“抹香鲸”号在山峰般的浪涛里时起时伏，顶着飓风艰难地向阿留申海区缓慢前进。

傍晚时分，这时也分不清是白天还是黑夜，乌云在甲板上空密集起来，像一块无缝的厚钢板逐渐逼近，似乎要压沉这艘在暴风雨中搏斗的舰船，如绳的暴雨铺天盖地倾注而下，在驾驶台的挡风玻璃前竖起一堵晶莹的雨墙……

“报告，右舷正前方，距离15海里，发现一个椭圆形的物体。”

赵鹏面前的荧光屏上出现了观测员熟悉的脸孔，小伙子的声音嘶哑，脸上掠过一种疑惑的表情。

“哦？”赵鹏的身体微微动弹了一下，一对浓眉拧成一团。这已经是第3次——自从进入北太平洋海域，激光水下测距仪和声呐探测器不止一次发现了一个奇怪的物体。但它是什么呢？不可能是埋伏在海面以下的礁石，这一点瞒不过赵鹏。在这个海岛专家的脑子里，有一幅全球最精细的海图，哪怕芝麻丁点大小的礁石，他也背得出它的地理坐标、海拔高度、岩石构成……而这一片海域水深超过3000米，最深的地方可达5000米，不可能有……

“继续注意观察……向右舷正前方，距离15海里靠拢……”赵鹏同时向观测员和驾驶台下达命令。这也是第3次，他心里有些别扭，前两次都扑了空，而这一次……

不出3分钟，见鬼，就像有人在暗中捉弄似的，拉长了脸孔的观测员重又出现在荧光屏上。

“报告，视像全部消失……可能是……”小伙子像犯了过失的孩子，耷拉着脑袋，无精打采地咕哝着。

赵鹏什么也没有讲，不耐烦地挥了一下手，猛地关上了电视的按钮。

他推开舱门，冒着哗哗的大雨走上前甲板，雨水像虫子从他的头顶爬到脸颊，直往下淌。他心烦意乱地用手抹了一把脸，茫然若失地凝视着暴戾的海浪，在那里，似乎隐藏着什么秘密。

“奇怪，这意味着什么呢？沉船？海兽？鲸鱼？潜艇……”这个有20年海上经验的科学家把各种可能都想到了，但接着自己又一个个地加以否定。“绝不是幻觉！仪器是不会受骗的……”赵鹏突然大声喊了起来，像是下结论似的。然而荧光屏上那个转瞬即逝的椭圆形物体到底是什么，他无法回答。

蓦地，大海愤怒了，排山倒海的巨浪猛地向船首袭来，“抹香鲸”号突然失去控制似的倒竖起来，一头扎入海浪的深渊。就在这一瞬间，赵鹏的身体失去平衡，踉踉跄跄地向前栽去。他急忙伸出双手向船舷栏杆抓去，糟糕，扑空了。没等他反应过来，一个更大更厉害的浪头兜头扑来，眨眼工夫，他的双脚腾空，一头栽入黑沉沉的狂涛里……

赵鹏惊叫一声，浑身冷汗直冒——在这同时，他也醒了，睁开眼睛，原来是一场噩梦，但心脏仍怦怦直跳。

他还在波音999的机舱里。舷窗外面不知什么时候换上了黑沉沉的夜幕。头顶一排半透明的灯罩散射出乳白色的柔和的灯光。

赵鹏刚刚睁开眼睛，机舱里的异常气氛立即感染了他。这不是错觉，他明显感觉到座椅急剧抖动，像是有人使劲摇晃似的。周围的空气凝固了一样，压抑得叫人喘不过气来。电视机早就沉默了，邻座几位爱说爱笑的日本女人蜷缩在座椅上，脸色苍白，像受惊的小鸟露出惊骇的表情。

赵鹏有些愕然，他刚想张口，蓦地，心脏被一只无形的手攥住，猛地往下一沉。这时连反应最迟钝的人也能觉察出飞机像陀螺似的疾速旋转着，速度愈来愈快，使人感到一阵晕眩。不过几秒钟，一股强大的气流像磁性极强的磁铁把这架最新式的客机死死咬住，它顿时失去控制，像断线风筝似的笔直朝下坠落……

机舱内就像一壶滚烫的开水浇入蚁穴，一刹那间，惊恐的喊叫声像一股气浪从后舱传到前舱，又从中层传到上层。秩序大乱了，从头等舱跑出几十个惊慌失措的男女旅客，他们大概刚从床上爬起来，慌慌张张簇拥在楼梯口，身上还披着花里胡哨的睡衣。

“喂，怎么回事？”一个头发油光可鉴的胖子大声嚷道。

“完了，完了，天哪……”靠在胖子身边的一个娇小的女人用手帕捂着脸，呜呜地哭了起来。

“我的上帝，驾驶员是干什么的？这些饭桶！”站在楼梯中间的一个大胡子咆哮道。

顿时，人们失去了理智。在死神面前，有的只会发出绝望呼喊，有的掩面哭泣，有的双目发怔，有的捶胸顿足，也有几个神经特别脆弱的人顿时昏厥过去……只有死神在暗中狞笑，冷酷地注视着这场惨剧的结局。

飞机继续坠落，8000米，7500米，5000米……速度愈来愈快，眼看一场不可避免的大祸就要临头。就在这千钧一发的关头，一股扶摇直上的气流突然把急剧下坠的飞机轻轻托住。顷刻之间，惊叫声戛然而止，机上的人们惊喜交加，不由松了口气。但好景不长，这样的局面维持了不多一会儿，紧接着又出现更加令人难以忍受的情况。波动的气流恶作剧般捉弄着这架飞机，似乎是要试验试验它的性能，机身筛糠似的上下抖个不停。这时人们一个个脸色铁青，呻吟不绝于耳，有的干脆哇哇直吐，连胆汁也呕出来了……

不过也有例外——就是赵鹏。他若无其事地解开腰间的安全带，从座椅上站起来，朝前舱径直走去——那边通往驾驶室。

这时机身抖动稍微减轻一些，赵鹏像踩在甲板上一样，两手交替地扶着椅背踉跄前进。他刚要推开驾驶舱的折叠门，一个体态轻盈的空中小姐迎面走来。

这个漂亮姑娘脸上惯有的笑容消失了。她惊讶地打量着赵鹏，大概对他从容不迫的举动感到惊奇。刚要开口，飞机的惯性使她失去平衡，上身一歪，差点摔倒。

赵鹏眼疾手快，拦腰把她扶住。

“谢谢您，先生……”空中小姐脸颊绯红，连忙称谢。

赵鹏乘机忙问：“小姐，发生了什么情况，能透露一点吗？”

对方瞟了他一眼，迟疑片刻，接着用近乎耳语的声音答道：“先生，很不幸，我们遇到了一股强台风……”

“哦！台风！”赵鹏还想再问问详情，空中小姐顾不上和他多谈，劝他回座位去，接着匆忙擦身而过。

空中小姐在楼梯旁站住了。被绝望和恐惧包围的旅客一起把目光对准了她，仿佛等候命运的最后判决。紧张的气氛使人们连大气都不敢出。

这时，扩音器传出机长平静的声音：

“各位旅客，女士们，先生们，由于天气的原因，本次航班不能按预期到达巴黎。为了诸位的安全，我们和地面机场联系，再过10分钟，本次航班将在泰国的普吉迫降，请大家做好准备。”

“泰国？！”

“普吉，这是个什么地方？！”

“那怎么办，我到巴黎还要改乘另外一次航班，机票都订好了……”

机长的话音刚落，平静的机舱顿时像喧闹的蜂巢般嗡嗡作响。人们的欲望从来是无法填满的沟壑，这时候，当死神的威胁不复存在时，对中途迫降的不满很快占了上风，大声抱怨的、牢骚满腹的、嘀嘀咕咕的……有人干脆怒气冲冲要求航空公司赔偿损失，那几个站在楼梯口居高临下的“绅士”吵得最凶。赵鹏从断断续续传来的话语中，听说这是到巴黎抢购一批中世纪艺术品的古董商，这场意外的台风大概把他们的如意算盘全部打乱了。

赵鹏默默地站在过道上，用冷漠的眼光注视着这场可悲的骚乱，就在这时，一个苍老的声音从前舱的座位钻入他的耳朵，引起他的注意。

“小姐，对不起，你能不能具体讲一讲现在的天气情况，比如，气压是多少，风力，风向状况，高空气温和地面温度，还有飞行高度……”

提问的人被楼梯附近挤成一团的人挡住，赵鹏看不见他的面孔，不过这声音有些耳熟，可惜一时又想不起来。

“先生，您提的问题我无法回答。据普吉机场告诉我们，地面现在有一股台风登陆，影响当地的天气，我仅仅知道这些，详细情况请您到机场打听……”

空中小姐的话音刚落，那个提问的人接着又说：“小姐，这是不可能的，在这个季节，这个地区，不可能出现台风。这是起码的常识。”

“先生，我不懂您的意思，您要我说什么呢？”空中小姐嘟哝道。

一阵哄笑声把接下去的对话淹没了，却引起了赵鹏的好奇。他踮起足尖，目光到处搜索，寻找那个提问的人。

起先他只看见那人的背影，蓦地，那人转过身来，刚好和赵鹏打了个照面。“啊，是他……”赵鹏不禁一怔，差点兴奋得跳了起来。

一眨眼工夫，赵鹏已经兴冲冲地跑到那人的面前，不由分说地把那人的一双手紧紧握住了。

“李教授……你还认识我吗？想不到在这儿遇上您，真是太巧了……”赵鹏兴奋至极，一时竟找不出合适的字眼来表达自己激动的心情。被赵鹏称为“李教授”的人是个个子不高、精神矍铄的瘦老头。他天庭开阔，满头白发，银色的长眉高高挑起，端端正正的鼻梁上架着一副水晶眼镜。他是那种具有学者风度的知识分子，此刻，他身穿一件深灰色的西服，天青色的斜格领带服帖地垂在胸前，衬上雪白的衬衫，显得风度翩翩，器宇轩昂——他就是大名鼎鼎的空气动力学家李壮飞教授。当年赵鹏在东南海洋学院做学生时，李壮飞就以研究台风闻名，尤其是他花了大半生的时间，系统地提出了人工控制台风的理论，引起世界各国的重视。李壮飞的八百页大部头著作《台风的人工控制机理》被译成十几种文字，是公认的当代一项重大科学成就，瑞典皇家科学院决定授予他本年度诺贝尔物理学奖，授奖仪式将在斯德哥尔摩音乐厅举行。

李壮飞惊讶地望着面前比自己高一头的彪形大汉，这突然遇到的热情举动让他愣住了。他艰难地从对方一双铁钳般的手掌中抽出自己的手，在大汉脸上打量着。

“您是……”

“我是赵鹏呀……”

“哦，我简直认不出来了。”他恍然大悟，开心地笑了。原来是自己的学生。

“李教授也到巴黎？”

“不，我到斯德哥尔摩……”

“啊，我知道了！”赵鹏喜形于色地说，“祝贺老师，这是我国科学界的光荣！”

“别这么说，”李壮飞打断对方，把话扯到别处，和他谈了一些无关紧要的事情。

机舱里这时渐渐恢复了宁静。发动机吼叫着，翻滚的乌云擦过机身迅速向后退却，渐渐地，透过浓厚混沌的云层缝隙，可以看见黑沉沉的大地上闪闪烁烁的灯火。

“完全没有道理，怎么可能会……”李壮飞把目光移向舷窗，想起什么似的喃喃自语道。

赵鹏见李壮飞眉头紧蹙，目不转睛地凝视着窗外，不由得揣测他如此焦虑不安的原因。他知道，诺贝尔奖授奖仪式后天就要在斯德哥尔摩举行，连旅途在内头尾只有三天。倘若李壮飞不能如期抵达，这不仅会错过领奖机会，说不定还会引起种种猜测，事情就会复杂化了。

可又有什么办法？天有不测风云，现代科学技术还不能百分之百地驾驭天气，连性能极佳的波音999，不也在台风的威慑下止步了吗？想到这里，赵鹏极力安慰他的老师：

“李教授，也许台风很快就过去了，要不要到机场发个电报，先通知对方一下？等天气变好马上就走，也许来得及……”赵鹏仍像学生时代那样，毕恭毕敬地说。

“你不要误会我的意思！”李壮飞突然打断赵鹏的话，用严厉的目光瞪了他一眼，“迟到早到一天，对我来说都无所谓。问题是这个季节，在泰国的西海岸，根本不可能出现这样强大的台风！”

赵鹏的脸唰的一下通红，李壮飞也许意识到自己说话的语气过于严厉，立即改口道：“你知道，我和它们打了几十年交道，它们是很有规律的，绝不会乱来一气！”

赵鹏满脸窘容，一时惊愕得说不出话来了。

“可是……”他嗫嚅道，不过当他接触到李教授严峻的眼光时，话到嘴边又咽回去了。

也许，人到了这把年纪，都是这样固执、过分自信吧。赵鹏只能这样解释。

几分钟后，波音999穿过浓密如帘的云层，像只硕大无朋的飞蛾，向灯火闪烁的地面扑去。

当机翼下面的巨轮在坚实的水泥跑道上摩擦，发出尖厉刺耳的怪叫声时，机舱里爆发了一阵近乎疯狂的欢呼声。男人和女人，老人和孩子，相识和不相识的，全都尖声怪气地叫呀，跳呀，相互拥抱，庆幸死里逃生。连李壮飞也被这种欣喜若狂的情绪所感染，他的眼睛湿润了。

赵鹏背上自己的野外旅行包，抢过李壮飞携带的一只皮箱——箱子式样很旧，分量也很轻。

“只有这只皮箱？”赵鹏掂了掂，问。

李壮飞点点头。“全部家当都在里面。”他意味深长地说。

当师生俩一前一后，迈入这个富有热带情调的机场候机厅时，倾盆大雨自天而降，一道耀眼的白色闪电划破夜空，接着又是一声惊天动地的霹雷。

台风登陆了……

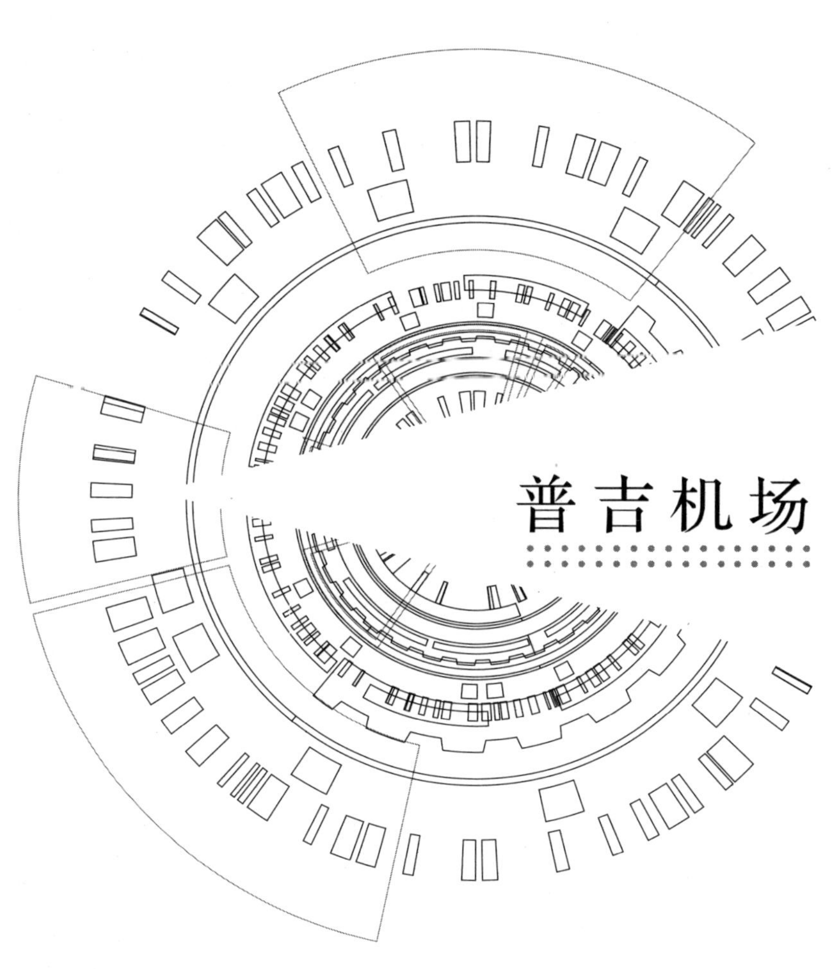

普吉机场

普吉机场圆顶的候机厅，如同洪水中的“诺亚方舟”，顷刻间挤满了从天而降的一群不速之客。到处都是人，座位上、电话间、小卖部，没有一处不是熙熙攘攘、乱哄哄的。由于天气的突然变化，据说已有14架飞机不能按时起飞，整个机场的秩序处于极度混乱状态。

赵鹏和李壮飞穿过两旁摆着鲜艳的热带花卉的走廊，走进机场餐厅。晚了一步，差不多所有的桌子全被捷足先登的旅客占满了，他俩提着行李转悠了半天，好不容易在一个偏僻的角落找到两个座位。

赵鹏擦着汗，连忙招呼穿着白色紧身衣裤的侍者，那是一个肤色黝黑、身材瘦小的泰国人。

“李教授，吃点什么？”赵鹏问。

“来杯咖啡吧，我不饿……”李壮飞漫不经心地答了一句，他坐在赵鹏对面，恰好面朝一排落地大玻璃窗。他呆呆地坐在那里，脸色阴沉，仍然目不转睛地凝视着漆黑的夜空，那里一条条狂舞的“金蛇”，一团团翻腾不已的乌云，甚至连敲打窗玻璃的豆大雨点，都引起他的不安。

就在赵鹏和侍者说话的工夫，李壮飞突然想起什么似的，从凳子上站了起来。

“我出去一会儿就回来……”他向赵鹏关照了一声，指了指餐厅的玻璃门。

“你——”赵鹏忙回头，用询问的目光望着老教授，见他眉头锁成一团，像是心事重重的样子。

“我去打听一下天气状况。”李壮飞又补充了一句。

赵鹏的嘴唇翕动了几下，没敢再说什么。他目送李壮飞走出餐厅，直到他那瘦小的背影在走廊的尽头消失。一个诺贝尔奖奖金的获得者，而且是台风研究的权威，居然对这场实实在在的台风持怀疑态度，这一点，赵鹏无论如何是难以理解的。

“这个倔强老头子，看样子他非要让气象台印证一下他的古怪念头不可……”赵鹏心里这样嘀咕。

不过，当他的耳边响起一阵急促而猛烈的风雨声时，他又后悔起来，后悔没有当机立断把李壮飞拉住。这场台风引起的热带暴雨，简直如同山洪暴发，发出一种令人毛骨悚然的吼叫声。餐厅里用餐的人没有一个不因这可怕的哗哗声怔住了，全都担心地望着玻璃窗外……

侍者很快送来赵鹏所要的饮料和几碟精致的点心，赵鹏呷了一口浓得发苦的咖啡，点了一支吕宋雪茄，等李壮飞回来一起用餐。可是，一支雪茄快抽完了，李壮飞仍然不见踪影。赵鹏只得从旅行袋里翻出一叠手稿——出发前刚整理完毕的学术报告，他不能让时间白白过去。

他一直放心不下这篇仓促写成的论文，在巴黎召开的岛屿学术讨论会上，他还要做十五分钟的发言。

赵鹏把杯子和盘子推到一旁，摊开手稿，开始从头到尾地翻了起来。他是个随遇而安的人，几十年海洋探险的生涯使他练就了适应任何环境的本领，不论是考察丛林密布、毒蛇猛兽出没的岩岛，还是涉足冰山包围的极地荒原，他从来处之泰然。此刻这张餐桌的一角成了他的写字台，何况他在飞机上养足了精神，毫无半点倦意。难怪他的目光一碰上写得密密麻麻的稿纸，餐厅里嘈杂的声响连同窗外的狂风暴雨，即刻从耳际消失了。

不过，说不出是什么原因，他今天心绪有些不宁，稿纸上黑压压的文

字和方方正正的图表，在他眼前变得模糊起来，像一片黝黑跳动的海水在面前晃来晃去。他奇怪自己为什么不能像往常那样集中精力，可是又说不出其中的究竟。

赵鹏懊悔地叹了口气，猛吸了几口烟，索性望着天花板上的枝形吊灯出神。他重新回想起在北太平洋考察的那个风狂浪急的傍晚，那个年轻的观测员颓丧的表情，海中幻象的出现和神秘的消失。他刚刚想到这些，脑海里又浮现出奇怪的往事。

那还是年轻时在英国留学的时候，有一天，他在大英图书馆的珍本书库，见到了一册册漆皮烫金的航海日志。已经微微发黄的纸页和古怪的花体字，说明它们都是19世纪航海家的手迹。这些早期探险家的日记，曾经记下了一系列令人惊异的现象。

“1830年，”一个航海家在笔记簿上写道，“在西西里岛和非洲海岸之间的地中海突尼斯海峡600英尺[①]深的海底，突然出现一个高200英尺的小岛，不久，当人们去勘察这个神秘的小岛时，它却像幽灵似的消失得无影无踪。过了3年，1833年有人在它出现的地方投下了测深锤，仅仅测出一个水下暗礁——格拉哈姆暗礁。”

一个海洋学家在航海日志中记载得更加详细：

“太平洋中汤加群岛中的法尔孔岛，位于西经175°，南纬20°，18世纪末到20世纪曾经多次出现；

“1781年，西班牙人首先发现该处有一座暗礁；

“1865年，英国军舰‘法尔孔’号观测时仍为一座暗礁；

“3年后，1868年，英国军舰发现该处有火山活动；

“1885年，海洋中突然升起一座岛屿，高153英尺，长1.25英里[②]；

“1894年，野心勃勃的冒险家企图把小岛攫为己有，当船只到达时，

① 1英尺约等于0.3米。

② 1英里约等于1.6千米。

上帝和他们开了个玩笑，只见一片汪洋，碧波万顷，小岛像幽灵似的消失了；

“1896年，该处又出现了一座高100英尺的小岛，但是到1899年，小岛又失踪了；

“一直到20世纪的1926年，该处又形成一座0.5英里长，360英尺高的小岛，可是1949年，小岛又像幽灵似的消失，无影无踪......”

航海家的记录里还记载了阿留申群岛中的博格罗夫岛，该岛最早由俄国人于1796年发现，高达数百英尺，此后又像汤加群岛中的法尔孔岛一样多次出现又消失了；菲律宾群岛中吕宋岛北面的巴布延群岛中的Didicas暗礁，1875年时为一座高达750英尺的岛屿，以后长期消失，1952年3月19日突然火山爆发，该处又形成一座高250英尺、面积为600英亩①的岛屿，它附近的水深竟达9600英尺……

赵鹏还清楚地记得，剑桥大学一位德高望重、在科学界享有盛誉的海丁堡教授，在一幢幽静的乡野别墅里和他的一次谈话。海丁堡教授的祖先是苏格兰的航海世家，他的私人藏书室里保存了世界上罕见的早期航海日志的手抄本，海丁堡教授告诉赵鹏，他的祖先曾经记载了一打以上的幽灵岛的地理方位，还绘声绘色地描绘了岛上美丽的风光。那些苏格兰的船长对富有异国情调的热带森林和各种奇异的作物饶有兴趣，岛上土著的淳朴民风也引起他们的好奇。他们不止一次在岛上的天然海湾里躲避风暴，用廉价的曼彻斯特棉布、马赛的玻璃项链和土著居民交换珍珠、钻石、玳瑁和黄金。可是，当船队再次经过时，茫茫大海急浪翻腾，水手们惊愕得不敢相信自己的眼睛，几个月以前他们亲眼见到的小岛，像幻梦似的消失，没有留下丝毫的痕迹。他们派人潜入海底，投下探海锤，千方百计寻找小岛的下落，结果一无所获。几千英尺的探海锤好像掉进无底洞，无法接触深不可测的海渊……

① 1英亩约等于4047平方米。

“幽灵岛遍布世界各大洋，它的成因至今仍是不解之谜。人们曾经企图用海底火山爆发来解释它的形成，也有人用海浪的侵蚀来解释它的突然消失。”海丁堡教授说道，“其实，幽灵岛的秘密远不是如此简单。举一个最普通的例子，海浪所具有的能量绝不可能摧毁一座这样规模的岛屿，而且时间又这样短促……”

多少年来，海丁堡教授这番话一直深深地印在赵鹏的记忆里，海丁堡教授在得出这番结论时激动的表情，他那苏格兰人血统独有的气质，在赵鹏的心中留下了极为深刻的印象——虽然海丁堡教授早已长眠地下了。

“难道我们遇见的也是幽灵岛？”赵鹏的心头蓦地一动，他因自己这个突然的猜测激动起来。这时他的第一个念头是把自己的想法告诉李壮飞，就像学生时代第一回写论文那样，先听听他的老师对此作何感想。

他迅速把目光从天花板投向桌子对面，在这一瞬间，赵鹏猛地一惊：对面的座位仍是空的，李壮飞要的一杯咖啡摆在那儿，没有一点热气了。

他下意识地看了一下手表，好家伙，一个多小时悄悄地从身边溜走了。

李壮飞居然到现在还没有回来，他一个人跑到哪儿去了呢？在这样一个陌生的地方，而且又是这样恶劣的天气……一连串的疑问在赵鹏的脑子里纷至沓来。他霍地站起，目光向四周搜索了一圈。怪了，喧闹的餐厅不知什么时候变得冷落而又安静起来，桌子大部分空了，只有进门的几张桌子还有用餐的几个旅客，侍者正在拾掇杯盘狼藉的桌子，甚至窗外的狂风暴雨，也神不知鬼不觉地停息下来了……

这一切都是在赵鹏专心致志地思索什么幽灵岛时发生的，他的心头袭来一种说不出的不祥预感，浑身顿时起了一阵寒栗。他来不及过多地思索，匆忙掏出一张钞票放在桌上，拎起李壮飞的皮箱和自己的旅行袋，急如星火地朝餐厅外面走去。

候机厅此刻也异常安静，沙发长椅横七竖八地躺满男男女女的旅客——他们熬不过瞌睡，全都和衣而睡。连小卖部的霓虹灯也都熄灭了，只有大厅里摆着的热带花卉，发出阵阵浓郁的香气……

赵鹏着实慌了，他好容易遇到一个打扫大厅的女服务员，连忙问她有没有见到一位六十来岁的中国人。也许是对方根本不懂他的语言——他是用英语讲的，或者是那个胖胖的女人被他慌张的神色惊住了，她只是一个劲地摇头，嘴里不知道咕哝些什么。

赵鹏无可奈何地走开了，他大声喊道："李教授——李壮飞教授——"

喊声在大厅里回响着，把好些刚迷糊的旅客吵醒了。

过了大约一刻钟或者稍长一些的时间，满头大汗的赵鹏被一个年轻的值班警察领到普吉警察局一间灯光明亮的大房间。他脸色苍白，神态颓唐，由于过度焦急，他一下子仿佛老了许多。当他向值班警官报告李壮飞失踪的经过时，说话的声音也有些颤抖了。

值班警官是四十五六岁的巴莫春篷少校，他满脸褶皱，身材矮小肥胖，一双小眼睛和肉球般的大鼻子，给人一种滑稽可笑的印象。他的眼睛像是没有睡醒似的老是半睁半闭着，在赵鹏结结巴巴地向他讲述时，这位其貌不扬的警官一直保持这种姿态：他斜靠在藤椅的靠背上，肥胖的短指头在皮带束紧的凸起的腹部轻轻弹着，不时从牙缝里挤出一两个单调的音节来："嗯……哦……是的……"

赵鹏把事情发生的前前后后讲完时，屋子里沉寂下来。巴莫春篷少校笨重的身躯在椅子上动弹了一下，接着用肥胖的指头拢了拢梳得过分油光的头发。赵鹏舔了舔发干的嘴唇，眼睛直勾勾地盯着对方毫无表情的脸孔，他很怀疑这位傻乎乎的胖子到底听清楚没有。

赵鹏等得有些不耐烦，他故意咳嗽了一声。

巴莫春篷少校的小眼睛微微睁开，向他打量着，沉吟片刻，他突然探身问道：

“赵先生，李壮飞教授在本城有没有熟悉的人，比方他的什么朋友或者亲属？我是说他会不会因为天气不好，突然决定到朋友家里住下，忙中疏忽忘记告诉你一声呢？”

巴莫春篷少校的估计并非没有根据，因为同机到达的旅客有不少人就是连夜投亲靠友，各奔前程的。

赵鹏没有想到这一层，他愣了一下，但立即否定了这个推论。

“不，绝对不可能。”他摇摇头，神情忧郁地说，“我并不知道李教授在本城有没有朋友或者亲属，不过我可以肯定，如果他要进城，总不会不辞而别，而且他在离开餐厅时，分明是说去了解一下天气情况……”赵鹏接着把李壮飞对这场台风的疑惑讲了一下。

巴莫春篷少校很感兴趣地听着，不时用铅笔在记事簿上写着什么。

“有意思，你是说他对这场袭击本市的台风抱怀疑态度，对吗？”警官问。

赵鹏“嗯”了一声，双手漫不经心地揉着那顶崭新的鸭舌帽，他的心情被这场意外的遭遇弄得烦躁不安。

蓦地，赵鹏的目光落在地板上，那里立着一只皮箱，李壮飞的皮箱，他的精神为之一振，提高了声音对警官说：“你瞧，他的皮箱还在这儿，这说明他绝不会擅自一个人跑进城。”

“哦，是这样？”巴莫春篷少校显然对这个细节极为重视，他绕过写字台，拎起皮箱，把它放在桌上。

案情看来并不如他想象的那样简单，这点是可以肯定的。

巴莫春篷少校像是突然上紧了发条的钟表，行动顿时变得得敏捷起来。他翻来覆去地检查这只皮箱，脸上露出惊奇的表情。这种老式的牛皮箱还是三十多年以前巴黎手工作坊的产品，现在已经很少见到。它坚固耐用，但样式陈旧。皮箱的边角磨损非常厉害，铜制的箱锁暗淡无光，泛出岁月留下的淡绿色。显然，这只皮箱为它的主人服务已经多年了。

“奇怪，一位出国访问的教授携带这么破旧的老式皮箱，有点不合情理吧……”警官一面端详，一面在心里嘀咕。

巴莫春篷愈来愈感到这只皮箱包含着令人难以捉摸的秘密，说不定和李壮飞的失踪有着某种联系。虽然他具体说不上来这种联系究竟是怎么回事，不过，他隐约地感觉到这宗疑案是蛮复杂的。

他习惯地在裤兜里掏了掏，取出一把百宝钥匙，打算检查一下箱内的东西。

“不……你不能打开它！”当巴莫春篷少校刚刚掏出钥匙时，赵鹏立即伸手捂住箱子，制止对方鲁莽的举动。他的语气非常坚决，声音却有些颤抖。

巴莫春篷少校不曾料到会出现这样尴尬的局面。他办了难以计数的案子，从来是别人听他指手画脚，而没有别人敢这样对待他的。他被这个中国人不友好的举动激怒了。

他迅速掉转头，脸孔涨成猪肝色，连大鼻子也变成“红萝卜”了。那双小眼睛怒视着赵鹏，迸射出一团火。倘若不是对方面带笑容，这个警官几乎要大发雷霆了。

“先生，看来你是不信任我们啰！”他迅速回到转椅上，强按住满腔怒火，用生硬的口气说。

赵鹏尴尬地笑笑，上前向他解释道：“少校先生，请您不要误会。如果不信任你们，我也不会找上门来麻烦您。至于这只皮箱，这是李壮飞教授的，他既然把皮箱托付给我，作为他的学生，我有保管它的责任。就连我本人也无权私自打开，我想您是可以理解的。”

赵鹏不让巴莫春篷少校打开皮箱检查，是有所考虑的。他懂得这只箱子的分量。虽然他没有打开过这只箱子，也没有听李壮飞讲过，但他估计

李壮飞的文稿和科研报告，十有八九是放在箱内的。这些成果将在斯德哥尔摩的授奖仪式上向全世界公布，成为全人类的共同财富。倘若不慎提前泄露出去，被别人攫取占为己有，或者抢先发表，后果将不堪设想。出于这种考虑，他不得不断然拒绝巴莫春篷少校的检查。但是双方的关系还不能闹僵，在这个远离祖国的地方，除了依靠他们，别无办法。于是赵鹏决定打出最后一张王牌——亮出李壮飞的身份。

“少校先生，这只皮箱的主人李壮飞教授是世界知名的科学家，诺贝尔奖本年度的获得者。贵国一向和我国友好相处，两国人民有着传统的友谊，现在李壮飞教授居然在贵国境内失踪了，这件事情如果张扬出去，我担心对贵国的安保工作的评价是非常不利的，这一点我想您是很清楚的。”

赵鹏字斟句酌地说完这番话，巴莫春篷少校半天没有吱声，这位中国科学家透露的情况使他大为震惊。他本能地意识到，这宗失踪案非同小可，案情的复杂程度也许是难以想象的。不过他算得上是个精明老练的警官，他丝毫没有把内心的想法流露出来，甚至连眼皮也没有动一动，他仅仅耸耸肩，像什么也没有发生似的，重又一屁股坐在藤椅上。

他抓起一台米黄色的电话，向顶头上司——普吉城的警察局长汇报了这宗复杂的失踪案。他是用当地土语讲的，赵鹏虽然听不懂他们谈话的内容，但是从巴莫春篷陡变的神色以及他结结巴巴的回答，他猜出警方对这件案子颇为震动。果然，巴莫春篷放下话筒，态度和刚才判若两人，他主动地拎起李壮飞的皮箱，客气地对赵鹏说：“赵先生，请——”他用手指了指赵鹏身后的墙壁，接着上前按了按墙上的一个电钮。

像变魔术似的，那堵淡蓝色的墙壁突然移动起来，拉开一条窄缝，露出一扇秘密的小门，原来这是通向地下密室的入口。

赵鹏尾随着巴莫春篷跨入门内，墙壁在他们背后自动关闭。走下几十级台阶，这时眼前出现一条长长的甬道，镶嵌在两旁混凝土墙上的电灯发出耀眼的白光。他们默默地走了十来分钟，拐了几道弯以后，巴莫春篷在一扇用黄漆写着字母“M”的金属门前站住了。

巴莫春篷拨动门上的密码机，沉重的金属门轻巧无声地开启了，里面是一个空荡荡的房间。

“请坐，赵先生。”一个陌生的声音不知是从什么地方传来的，把赵鹏吓了一跳。

房间里灯火通明，却空无一人。赵鹏疑惑地望着巴莫春篷，只见他指了指室内的沙发，压低声音说道：“局长想亲自同您谈一谈，请随便坐吧。”

赵鹏没有多问，顺从地坐在沙发上。这间地下密室的布置很像会议室，除了围成一圈的沙发和房间中央一张大长方形桌子，别无他物，看样子很可能是警察局举行秘密会议的地方。

赵鹏刚坐下，那个不曾露面的警察局长的声音又响了起来。这声音好像是从墙壁的某处传来的，或许是来自天花板上：“赵先生，请原谅我现在还不能直接和您见面，因为我此刻正在处理一件非常棘手的案件。”局长讲话时语速很慢，是那种老年人苍老的声音，“请巴莫春篷少校代我招待您，我们随便谈一谈吧。”

赵鹏斜倚着沙发靠背，凝神倾听着对方的开场白，这时巴莫春篷少校不知从哪里给他端来一盘精致的茶点和几瓶饮料。

“请，随便用……”他向赵鹏招呼道，接着在旁边坐下。

“赵先生，请您仔细回忆一下李壮飞教授失踪的前后经过，尽量不要忽略任何一个细节。”警察局长待赵鹏吃过几块点心，开始正式谈话。

赵鹏瞥了巴莫春篷一眼，顺从地点点头。

“好吧。”他清了清嗓子，便从波音999遇到台风讲起。他谈起机舱里的乘客当时惊慌失措的情况，接着讲了讲李壮飞所说的大体内容，然后他追述了在机场餐厅里李壮飞离开时的神态以及他自己的想法。

“就是这些。”赵鹏呷了一口可口可乐，润了润嗓子，“还要说明一点，我和李壮飞教授是在飞机上意外相遇的，很偶然。我因为有事耽搁，最后一个上的飞机，我们的座位又不在一起……所以在一块待的时间并不长，谈话也不多。”赵鹏这样结束了他的叙述。

密室内突然沉寂了下来，巴莫春篷头靠在沙发上，闭目冥想着。

“少校，你对此有何高见？”警察局长点名问道。

巴莫春篷受惊般地从沙发上跳了起来，毕恭毕敬地挺直腰板答道：“我认为，赵先生刚才讲的李壮飞教授一直怀疑这场台风的真实性，这个细节十分重要……”

警察局长连忙插话问道：“赵先生，李教授真的怀疑这场台风吗？”

赵鹏像被什么蜇了一下，疑惑不解地瞅了瞅巴莫春篷，他们的目光碰在一起了。“一点不错，他亲口对我这样讲的，他认为在这个季节，在你们这个地方，根本不可能出现台风……”

“那么，你是怎样看的？”巴莫春篷紧追了一句。

“我？”赵鹏对这个问题可以说毫无思想准备，一时竟不知如何回答。

“你对李壮飞教授的想法作何感想？你认为他说得有没有道理？”巴莫春篷以为对方没有听清，又补充说明道。

赵鹏不假思索地说：“这一点，我可以坦率地说，我是不能接受的，尽管我很尊重李壮飞教授，但是我不能同意他的看法。不管怎么说，这场台风是客观存在的，它使我们这次的航班不能按预定航线飞到巴黎，给贵国造成了一场罕见的暴风雨，这些都是我亲眼看到的，实实在在的东西，有什么值得大惊小怪，甚至加以否定呢？”赵鹏双手一伸，紧接着又补充了一句：“也许在理论上这不是台风的季节，但是例外的情况那是谁也无法预料的。”

他发表了这番振振有词的见解，颇有点自鸣得意，不料巴莫春篷走到赵鹏面前，微微一笑道："我认为你低估了一位诺贝尔奖获得者的水平，或者说你对李壮飞教授太不了解……"

"你这是什么意思？"赵鹏急问。

"你不要激动。"巴莫春篷挨着他坐下，用手拍拍赵鹏的胳臂。

那个一直没有吭声的警察局长接着说："赵先生，你可以想一想，李教授是世界著名的台风研究的权威人士，在这方面他该是最有发言权的，而且他也不会随随便便地乱下断语，既然他对袭击本市的台风有所怀疑，我很同意春篷少校的分析，事情恐怕不像你想的那样简单。"

赵鹏实在无法理解这两个泰国的警官——巴莫春篷少校和他的神秘上司——为什么偏偏对这场台风如此感兴趣，而且他们俩翻来覆去地讲这场台风的真实性又有什么意义呢？想到这里，他不禁苦笑道："先生们，照你们看如果这不是台风又算是什么呢？再说这个问题和李壮飞教授的失踪又有什么关系呢？我们何必在这个问题上兜圈子，浪费时间……"

他一连提出几个反问，可是警察局长不等他说完，打断他的话说："不，不，赵先生，和你的估计恰恰相反，这件事很有可能和李教授的失踪大有关系！"

"真的？这么说你们已经知道李壮飞的下落了？"赵鹏吃惊地问。

"别着急。"警察局长用平静的声调继续说，"我们可以坦率地告诉你，此刻我们还不知道李教授的下落，确实不知道。不过据我们掌握的情报，他的失踪绝不是孤立的事件，他的行踪很可能早就被人监视了。因为贵国的新闻界对这次诺贝尔奖授奖活动极为重视，如果我的记忆不错的话，三天前贵国一个阵容强大的记者组已经先期抵达斯德哥尔摩。可以肯定，李壮飞先生不早不晚在这个时间失踪，绝不是偶然的，很有可能是一场有计划的阴谋……"

赵鹏只觉得耳朵嗡嗡直响，事态的严重性使他毛骨悚然。也许就是这个时候，年迈的李壮飞正在荒凉的野地里遭到暴徒的袭击，也许他正在大声呼救，却没有一个人听到他的惨叫……想到这里，赵鹏再也坐不住，他霍地站起来，高声喊道："局长先生，这怎么办，李教授会不会遇到什么危险？"

他的声音除了在墙壁之间产生回声以外，没有引起任何反响。沉默片刻，警察局长依然用平静的声调说："对不起，目前我还不能打保票。不过据我们估计，以李壮飞先生的声望来看，他一时还不会有生命危险，极大可能是……"

说到这儿，警察局长戛然而止，立即改用当地土语和巴莫春篷交谈了几句，然后对赵鹏讲："再会，赵先生。"声音便消失了。

赵鹏两眼望着天花板呆呆地出神，他第一次感到自己的脑子仿佛失去了思维的功能，堕入了头绪混乱的迷雾中。他是一个出色的科学家，在他专长的领域里驰骋自如，得心应手，可是对于目前的处境，他却感到茫然，下一步该怎么办，他确实一筹莫展。这位始终没有露面的警察局长，除了说明问题的严重性以外，并没有提出任何切实可行的办法。他们喋喋不休地谈论这场台风的真实性，好像他们掌握了什么线索似的，可是又闪烁其词，不肯明说。他们的闷葫芦里究竟卖的什么药呢？

"赵先生，想什么呢？"巴莫春篷轻轻地推了他一下。

"难道这场台风还有什么名堂？"赵鹏用失神的眼光望着泰国警官，突然问道。

"据本市气象台提供的情况，这场台风是非常突然的，事先没有一点征兆，这在科学上是没有先例的，也是说不通的。"巴莫春篷淡漠地答道。

"啊，是这样！"赵鹏的脸上掠过一阵惊讶的神色，接着用试探的口气问道："你的意思是……"

巴莫春篷未置可否地笑笑。"走吧，时间已经不早了，你也该找个旅馆先休息休息，有什么事情明天再说吧。"他一面说，一面帮赵鹏提着行李，朝房门走去。

几分钟后，他们从地道的另一个秘密出口走出。暴风雨已经过去，天空飘洒着淅淅沥沥的蒙蒙细雨，微弱的灯光照出大街对面一片黑森森的树林——那边好像有个出租汽车站。巴莫春篷朝黑暗吹了一声口哨，一辆漂亮的蓝色奔驰牌轿车轻巧地开过来了。

“这是我的电话，有什么事情请立即与我联系。”巴莫春篷从本子上撕下一页纸递给赵鹏，接着吩咐司机：“到绿岛旅馆！”

“再见！”赵鹏握了握他那肥胖的手，无可奈何地钻进了汽车。

“别忘了，有什么新情况马上告诉我。”赵鹏在临开车时又叮嘱了一句，他委实放心不下李壮飞的下落。

巴莫春篷点点头，嘴边浮出一线狡猾的笑容。

汽车很快在黑暗中消失了……

“听说绿岛旅馆是这一带最豪华的一家旅馆，对吗？”赵鹏望着夜色深沉的车窗外，随口问道。

老司机的话匣子打开了，他如数家珍地向赵鹏讲起了绿岛旅馆的历史。

“那还用说，普吉海滨的开发可以说是跟绿岛旅馆分不开的。先生，要是早三十年，您到这儿来，甭说没有这么多漂亮的旅馆、别墅，就连个人影也很难碰到哩。那时候这一带荒凉得很，只有一个几户人家的渔村。后来，有一个很有钱的名叫玛格丽特的法国女人看中了这里的山光水色，她特别喜欢普吉海滨四季宜人的气候，便在海边的山崖上建造了一座现代化的旅馆。绿岛旅馆开张营业以后，普吉海滨才出了名，现在到我们这里来旅游的游客，不管是哪个国家的，没有一个不来普吉海滨的……”

赵鹏“哦”了一声，问：“这个名叫玛格丽特的法国女人现在还活着吗？”

“当然，前几天我还见过她。”老司机炫耀地说，“她年轻时一定俊极了，是个美人，可岁月不饶人哪，这会儿也是个老太婆了……”

赵鹏没有搭腔，贴着模模糊糊的车窗向外窥视。外面漆黑可怖，一切都被黑暗吞没了，只有车灯的白色光柱照出几十米的湿漉漉的路面，那上面不是浅浅的水洼，就是一堆树木的残枝，这都是台风留下的痕迹。汽车走得很慢，渐渐地路面变得陡峻起来，老司机说声“快到了”，发动机便吼叫起来，汽车开始沿着盘旋的路面向上爬去。

约莫过了十分钟，汽车拐了不知多少个弯，绿岛旅馆门前一排耀眼的灯光和高大建筑的轮廓在眼前出现了。赵鹏走下车的头一个感觉，是异样的冷落荒凉，他甚至有一种孤独感。四周的环境怪冷清的，静寂得叫人毛发倒竖，连一阵阵海风掠过树梢的飒飒声也没有通常所说的诗意，反倒叫人感到分外恐怖，像是来到一座荒凉废弃的古代城堡。

赵鹏略微定了下神，这时从门厅里跑来一个侍者，伸手接过皮箱和旅行袋，把这个深夜的不速之客带进旅馆的大厅。

赵鹏迈上大理石台阶，刚刚跨入大厅，一刹那间，他怔住了。说得更确切一些，他几乎不敢相信自己的眼睛。他发现自己仿佛站在一座富丽堂皇的宫殿阶前，不知道是由于设计这座大厦的建筑师的个人癖好，还是旅馆女主人的特殊兴趣，这座旅馆的底层大厅纯粹是地道的中国传统的建筑风格。正对大门，是用一整块玲珑剔透的和田玉精工雕琢的“八仙过海”的艺术品，安放在一米来高的、四周雕刻着花卉图案的紫檀木底座上，外面罩上透明的玻璃罩。玉雕背后整整一面墙壁，从天花板到地板，是一幅敦煌莫高窟著名的飞天壁画，气势雄伟、色彩缤纷，笔画摹绘的五彩祥云，飘飘拂拂，迎风飞动。最妙的还是画面上八个容貌美丽、神态端庄的女神，翩翩起舞，栩栩如生，呼之欲出。这还不算，大厅前方四根两人合抱粗的明柱，一律饰以鲜艳夺目的朱红漆，盘以五爪金龙，令人惊叹不已。大厅的地板上铺着名贵的猩红色的中国地毯，天花板上绘以色彩缤纷的藻井，悬挂着八只造型古朴的宫灯，这一切，无不使人想起北京紫禁城里某一座宫殿，而不会想到这是一家接待四方游客的旅馆。

赵鹏被大厅别具一格的布置迷住了，他左顾右盼，啧啧称赞，像是欣赏一件精美绝伦的艺术品。刚进门时的那种孤独感顿时消失了，绿岛旅馆给赵鹏的第一印象变得无比亲切，他好像回到自己的祖国，有一种无法形容的温暖的感觉，连旅馆的侍者，还有服务台值班的职员都变得那么可亲了。

办完住宿手续，老司机起身向他告辞了。赵鹏说了几句感谢话，外加了一笔可观的小费，算是对他的酬谢。老司机笑嘻嘻地收下钱，千恩万谢地离开了大厅。

赵鹏礼貌地把老司机送出大厅，刚要转身返回，老司机从车子里伸出头把他叫住了。

“先生，你的钱算错了。”老司机向他招招手，大声喊道。

赵鹏以为自己少付了钱，匆忙走下台阶。可是老司机却把一张钞票递给他，而且郑重其事地把钞票放在赵鹏的手掌心里。

“多了五块，先生，给你。”老司机说。

“不不，那是一点小意思……”赵鹏连忙解释。

“是吗，那就多谢先生了。”老司机故意大声说道，但他并没有把那张钞票收回，反而把赵鹏张开的手掌合拢，然后压低声音对赵鹏说:“等一会儿再看！”

说罢，他眨了眨眼睛，把车子开走了。

赵鹏对老司机的怪异举动感到纳闷，正待询问，汽车已迅速消失在黑暗中。他只得把那张带有老司机体温的钞票放进兜里，返身进入大厅。

这时候，大厅里出现了一个上了年纪的老妇人，正在向侍者吩咐

什么，见赵鹏进来，老妇人转过身来向赵鹏微微点了点头，算是打了个招呼。

赵鹏见这个老妇人说话时，那些侍者和服务台里面的职员都恭恭敬敬地肃立着，心里已猜出几分，此人莫不就是老司机讲的那个旅馆的女主人。果然，当他向前跨了几步时，那个老妇人迎上前来，做了自我介绍，然后笑吟吟地说：

“先生，听说您是从中国来的，见到您我很荣幸。”她落落大方地指了指大厅的壁画和陈设，“你瞧，我对贵国古老的文化有着特殊的感情，我喜爱中国人诚实、善良、勤劳的美德。所以，先生光临小店，实在是欢迎之至，我十二万分地高兴。”女店主不待赵鹏开口，接着又说，“不过，今天由于天气突然变化，临时出了一些麻烦，照顾不到的地方还要请您多多包涵。”

赵鹏听了女店主一番热情坦率的表白，连忙谢道：“哪里，哪里，给您添了不少麻烦，实在抱歉。”

寒暄了几句，女店主听说赵鹏也是乘波音999中途迫降到普吉的，便安慰道：“赵先生就安心休息吧，如果天气好转，飞机能起飞的话，我会叫他们马上通知你。”她指了指身后的侍者。

“那就太好了。”

“不必客气，您需要什么尽管吩咐他们。”她用主人的身份向赵鹏表示。说罢，她又转过脸去吩咐服务台里面的几个职员，叫他们给赵鹏安排一套最好的房间，还叫他们通知餐厅预备夜宵。

“送到赵先生的房间里。”她用命令式的口吻说道。

赵鹏随着侍者乘电梯来到八层——绿岛宾馆最高的一层。推开米黄色的房门，他的眼睛一亮，心想女店主的确是把自己当作贵宾招待了。这是里外相通，有卧室、客厅和卫生间的高级套间，迎面的客厅宽敞豪华，有考究的沙发，华贵的地毯，玻璃柜内摆满各种古玩，这些在赵鹏看来，有些过分奢华了。客厅的一角斜摆着一张大写字台，上面有一台杏黄色的电话，赵鹏对这一点倒很满意，他决定马上和巴莫春篷取得联系，当然，等侍者离开了再说。

他从客厅步入卧室，卧室布置得更加舒适，他对这个安身之处挑剔不出任何毛病了。他接着走进毗邻的卫生间，就在这时，他轻轻地把门从里面锁上了。

他想起老司机临走时还给他的那张钞票。老司机临走时说的那句话究竟是什么意思？他到底是什么人？这一切都使他疑虑重重，他巴不得赶紧解开这个哑谜。

当他从裤兜里摸出那张皱成一团的钞票，把它展平放在灯下时，他奇怪极了。钞票的正面和反面并没有丝毫与众不同之处。难道这个老司机闲极无聊，和自己开了个不大不小的玩笑？这不可能！一个素不相识的司机有什么必要和他这个外国人来这么一手呢？

赵鹏翻来覆去把钞票看了几遍，仍然找不出任何破绽。他还不死心，又对着灯光观察那张钞票，果然有名堂，当他把钞票贴近灯泡时，钞票图案的中心部位有一块水印，上面清晰地现出一行英文字：

“小心，不要睡觉！”

蓦然，赵鹏倒抽了一口冷气，汗毛顿时竖立起来。他并不是一个胆小的人，但是这个没有落款、内容令人莫测的警使他感到一种莫名的恐怖。那个老司机是谁？他为什么要写这些？赵鹏对这些疑问都无从揣测。不过，这寥寥数语倒是提醒了赵鹏，他立即意识到自己的处境隐藏着某种危险，丝毫不能疏忽大意。

想到这些，赵鹏把钞票重新放入裤兜，然后走出卫生间，装作若无其事的样子，他首先小心翼翼地把皮箱放进壁橱，上好锁，并且把钥匙放进内衣的口袋里，这时，他心里觉得踏实多了。一夜不睡，对于他来说并不是什么了不起的事情，他可以继续干一个通宵，用工作来消遣这个漫漫长夜。

他看了看表，拍了拍贴着前胸的那把钥匙，像是做好了迎接战斗的准备，精神重新振奋起来。

刚要走出卧室，突然，就像是特地回答他的挑战似的，客厅里发出一声令人毛骨悚然的惊叫声。

赵鹏全身的血液几乎凝固了，慌忙冲出房门。

怪极了，客厅里并没有什么异常情况。赵鹏满腹狐疑地四下张望，房间里静得出奇，好像一切都故意保持缄默，只有那个侍者站在窗前，拉着淡绿色透花薄绸的窗帷。赵鹏再仔细观察，发现那个鬈头发的侍者有些不对头，他僵立不动，关了一半窗帷的手悬在半空中，脑袋贴在玻璃窗上一动不动，像是被定身法定住似的，似乎已经失去了知觉。

“怎么回事？”赵鹏吃了一惊，大步跨上前去。

那个侍者仿佛聋了似的，丝毫没有反应。

赵鹏一把从背后抓住侍者的肩膀，硬是把他拽了过来。

“喂，你说话呀，到底怎么回事？”赵鹏厉声喝道，可是等他看清这个小伙子扭曲的面容时，他的手不由得松了下来。

侍者的神经紧张到了极点，圆睁的眼珠几乎鼓出眼眶，流露出惊骇、恐惧的神情。他的嘴唇发紫，太阳穴的青筋像蚯蚓似的直跳。赵鹏一再问他，但是他却紧张得说不出话来，只能勉强用颤抖的手指了指窗外。

赵鹏把他松开，急忙趴在窗户上。他把眼睛睁得老大老大向外张望，可是除了一阵阵隐约可闻的浪涛的喧嚣声，什么也看不见。夜色好像比刚来绿岛旅馆那阵子更浓、更深了。

“活见鬼！”赵鹏回头瞅了一眼那个神色慌张的侍者，不禁抱怨起来。也许这个小伙子神经有什么毛病，不然不会这么疑神疑鬼的。

可是，他的结论下得太早了，话刚出口，那个侍者像弹簧一样跳了起来，用尖厉的嗓门大声惊叫道："快，你瞧——"

赵鹏旋即扭过身来，在这一瞬间，他同样吓了一跳。客厅面临大海的一排落地玻璃窗，像晚霞映照似的泛出通红的火光，连室内的墙上也反射出猩红色的光辉。他起初以为是那里失了火，可是等他扑到窗前时，他发觉错了，火光是从海洋上发出来的，而且就是在绿岛旅馆屹立的山崖面对着的海湾里发出来的。

赵鹏见多识广，但从来没有目睹过这般怪异的现象。这不是大洋中由自身发光的微生物形成的美丽的"海火"，也不是船只失火或者漂浮海面的石油不慎燃烧起来。赵鹏无法理解这是怎么回事，因为眼前发生的是一种不曾见到的奇怪现象。

他目测一下大致的距离（因为这时窗外的景物如同被照明弹照亮一样，全都看得一清二楚），大约不到海边两公里的地方，海水沸沸扬扬，像开锅似的翻腾起来，掀起了无数冲天水柱。周围的海水如同汽油燃烧起来，发出像火山口内炙热的岩浆那样的火光。不仅如此，天空也映得一片通红，极像节日焰火四射的夜空。借助火光，可以清楚地瞥见普吉海滨美丽的景致，那沿着海边绿色的山峦建造的一幢幢雅致的别墅，幽静的海滨浴场，以及一望无际的海滩，全部一览无余。赵鹏被这番壮观的景色吸引住了，他贪婪地凝视着，同时也思索着这火光的由来。这种情景大约持续了几秒钟，火光逐渐暗淡下来，浓郁的夜色又像纱幕似的开始遮盖一切。但是就在这若明若暗的刹那间，赵鹏差点惊呼起来，他分明看见在刚刚还是火光熊熊的海中，在那一块火光最明亮的海区，从海底升起一个轮廓模糊的物体，他无法估计那个物体的体积大小，但是那个物体的外形在露出海面的瞬间被他看得非常清楚，那是一个圆形的环状物体，极像一只硕大无朋的车胎，在它浮出水面时可以明显地发现它在急速旋转，搅得周围的海水形成一股强大的漩涡。如果不是赵鹏的错觉，他似乎发现那个环状怪物和他在"抹香鲸"号考察船上遇见的不明物体在某些方面有些相似。遗憾的是，他来不及细看，很快，一切都陷入黑暗，窗外又是漆黑一片，像是什么也没发生似的……就在这时，一股气浪震得玻璃窗飒飒直响，赵鹏呆呆地伫立窗前，足足有几分钟没有动弹。

过了片刻，那个侍者确信没有危险，这才从墙角走向窗前，他探身瞧了瞧外面，嘟囔着："真怪……那个幽灵岛又不见了……"

说者无心，听者有意。赵鹏听见从侍者的嘴里冒出"幽灵岛"三个字，脸色突变，猛回头问道："你说什么？"

"就是刚才海上那个怪物呀……"侍者见赵鹏脸色严峻，连忙嗫嚅地答道。

"你说那个怪物叫幽灵岛？"

"唔，是的，是幽灵岛……"

"你胡说八道些什么？"赵鹏突然动怒起来，喝问道，"你知道什么是幽灵岛吗？你倒是说说看……"他边问边逼近那个侍者，年轻的泰国小伙子见中国的客人满脸怒容，不知自己哪里冒犯了他，不禁惶恐地后退了几步，连声说："先生，实在对不起，你如果不相信，可以问问别人……"

赵鹏这时倒不好意思起来，他用缓和的语气请这个年轻的侍者坐下，要他把这个所谓的幽灵岛的来龙去脉详详细细地讲给他听。

"你说说看，你是怎么知道它是幽灵岛的，在这之前，你还见过它吗？"赵鹏和颜悦色地问。

"先生，一点儿不骗你，我们这里大家都这么说。"那个侍者顿时活跃起来，眉飞色舞连说带比画地告诉赵鹏："那个怪物，对了，那个幽灵岛光是今年就一连出现了好多次，闹得我们这儿不得安宁。半年前它出现了一次，也是这样的天气，当然那是夏天，大约是深夜两点多钟，当时有几个在海边散步的日本客人亲眼看见它冒出水面，就和你刚才见到的情形一模一样，他们吓坏了，以为遇到了海妖，等他们慌慌张张跑回来报信，那个怪物，就是那个什么劳什子幽灵岛又不见了……”

赵鹏笑着问道：“你怎么肯定它一定是幽灵岛，而不是别的什么呢？”

这一下可把年轻的小伙子问蒙了，他张着嘴，望着赵鹏足有好几分钟。“先生，你不相信？大家都这么议论……哦，对了，报纸上还登过一条消息……”他结结巴巴地说。

他见赵鹏没有继续追问，没有再说下去，也许他意识到自己今晚过分激动，对一个陌生的客人说话太多，于是他说了句“打扰了”便躬身退出了房间。

侍者离开之后，赵鹏的心里却不能平静下来。他重新站在窗前，凝望着夜色浓郁的窗外，刚才发生的那一幕动人心魄的景象给他的印象实在太深、太难以忘怀了。可惜没有用摄像机把它拍下来。不过对于这个毕生研究海岛的专家来说，要他承认这是海洋中出现的幽灵岛，他从情感上一时还难以接受。他不止一次考察过世界各大洋中新生的火山岛，对它们神秘的诞生过程，以及同样神秘的消失过程都做过连续的观察，但是普吉海滨出现的这种怪异现象却令人难以捉摸，它的出现和消失过程太迅速，也太短暂，这是令人难以理解的。

然而，这毕竟是值得探索的现象，说不定这里包含着世人还不知道的奥秘，因为我们对自然界的一切实在知道得太少，说不定这是一种罕见的例外现象……

“对，一定要弄个水落石出，取得第一手资料。”赵鹏突然亢奋起来，热衷于探索神秘的自然现象的本能，使他暂时忘掉了一切。他的脑子里甚至闪动了取消预定的巴黎之行的念头，索性在普吉海湾做一次彻底的考察。在他看来，科学的发现往往有很大的偶然性，尽管这种偶然性中包含着科学家所说的必然性，但不管怎么说，这样的机会太难得了，决不能

轻易放过。

赵鹏因为这个想法而激动起来，绕着沙发来回踱步，如果不是电话铃声打断他的遐想，也许他会不停地走到天亮……

他抓起话筒，是巴莫春篷少校的声音，他倒先来电话了。

“赵先生，刚才你见到海湾里发生的情况了吗？”对方劈头问道。

“你说的是幽灵岛？”

“你也认为那个怪物是幽灵岛吗？”

“不不不，”赵鹏连忙辩白道，“有人告诉我说那是幽灵岛，不过这不大可能。当然目前下结论还为时过早……”他接着又补充了一句，“少校，你问这个干什么？”

巴莫春篷在电话里“嘿嘿”地笑了一声：“赵先生，我知道你是研究海岛的专家，所以特地向你请教。你不觉得那个怪物的出现有点突然，或者说太巧合了吗？”

“我不明白你的意思，你能不能说得更具体一点？”赵鹏觉得对方话里有话，连忙问道。

“没有什么，我不过随便问问。”巴莫春篷没有正面回答，反而轻描淡写地一带而过，“对不起，打扰你休息了。”说罢挂了电话。

赵鹏望着电话呆呆出神，他慢吞吞地放回话筒，极力思索巴莫春篷少校突然给他挂电话的用意。也许，他们不大放心自己的安全，这是不言而喻的。不过，海中出现的怪物大约也引起了当地警方的高度重视，从巴莫春篷的口气可知，显然他们是有看法的，他们不同意把海中怪物视作幽灵岛，这一点似乎是确信无疑的。当然他的话里还包含了不少潜台词，也许在电话中不便说。可是这样一来，赵鹏却由此展开了想象的翅膀，他设想了种种可能，在他的知识海洋里寻求着最能叫人信服的答案。

可是，一切都是枉然。他想了很久，却无法从自然界、从海洋科学的经典文献里找出哪怕仅仅是近似的答案。也许是自己孤陋寡闻，他从来没有见到任何一本著作描述过他目睹的现象，说真的，如果不是亲眼所见，他几乎不敢相信这是真实的。

这个令人苦恼的问题，像小虫子一样咬啮着他的心。他躺在松软的沙发里，脑袋顶着握紧的拳头，思索了很久很久……

突然，“笃笃”的敲门声把赵鹏惊醒。

“进来。”他慢慢抬起头，还是那个年轻的鬈头发的侍者，他手里提着一个食盒——看外形像是中国福建出产的漆器，在他后面，是那个殷勤好客的女店主——玛格丽特。

“赵先生，劳您久等了。”女店主依然笑吟吟的，态度是那样热情诚恳。

赵鹏想起来了，他们说过要给自己来送夜宵，他完全忘了。

赵鹏连忙迎上去，忙不迭地道谢。

“太麻烦您了，已经这样晚了，真是过意不去……”

“别客气，没有什么准备，请赵先生随便尝尝，还不知道合不合赵先生的口味。”女店主让侍者把食盒放在沙发间的长茶几上，然后亲自打开漆成朱红色的盒盖，从中取出一瓶上等的法国杜松子酒，几碟花色精巧的酒菜，还有一盘使赵鹏吃惊的水饺，地地道道的中国北方的水饺。

赵鹏一个劲地赞叹不已。他对主人的周到服务简直不知如何感谢才好。

侍者默默地提着空食盒离开了房间，女店主并没有马上离开的意思，她径自坐在赵鹏对面的单人沙发上，和赵鹏攀谈起来。

她漫无边际地谈东道西，也许是这个法国老妇人对中国有某种特殊的感情，她对新中国的一切都很感兴趣。她问起中国妇女的社会地位、家庭、婚姻和子女的教育，中国的衣料、绸缎以及举世闻名的中国菜的做法。她显然读过不少介绍中国情况的书籍报刊，对中国最近发生的情况了如指掌，只不过有些问题连赵鹏也难以回答，在这种情况下他只得用外交辞令含混地敷衍几句。

赵鹏也不客气，他确实饿了。从下飞机到现在，差不多过去了五个小时。他一边吃着鲜美可口的水饺，一边打量着絮絮叨叨说个不休的女店主。

看样子，她的年龄不会小于五十岁，或者五十已经出头，却没有丝毫老态。保养得很好的白皙的皮肤，以及任其自然披在两肩的金黄色的柔发，使这个老妇人有着少女般楚楚动人的风韵。年轻时她大概很漂亮，这是不假，那一对闪光的杏核眼和微微弯曲的柳叶眉，使她可以和法兰西的美女媲美。但是正像那个老司机说的，岁月不饶人，尽管她穿着华丽，精心打扮，那眼角的鱼尾纹和开始松弛的肌肉却毫不掩饰地表明她已步入人生暮年。

女店主见赵鹏停下了筷子，知道他已酒足饭饱，便殷勤地递给他一支烟，接着话题一转，突然向他提出一个问题。

“赵先生，我向你打听一个人……”她用随随便便的口气说道，但可以看得出来，她的眼睛却是十分注意观察对方的反应。

赵鹏迟疑了一下，吸了口烟，好奇地问：“谁？”他觉得有点意外。

这个法国老妇人的身体在沙发上动弹了一下，仍旧用平静的声调慢条斯理地说道：“我有个中国朋友名叫李壮飞，不知道赵先生可认识？”

女店主说话的速度很慢，她在说出李壮飞三个字时故意拖长了声调，但这足以使赵鹏大为吃惊了，他惊愕地瞅着对面的法国老妇人，半天没有说出话来。

“怎么，赵先生不认识他？听说李壮飞在中国是很有名气的……”

“不不不，我太认识了！”赵鹏急忙接过来说道，接着又问，“怎么，您和李壮飞先生很早就认识了吗？”

女店主不动声色地点点头。“我们是老朋友了，三十多年的老朋友，可惜一直没有他的音讯……”她伤感地叹了口气，继续说，“当年的老朋友如今剩下的已经不多了，李壮飞先生近况好吗？”

“夫人，不瞒你说，几个小时前，也就是说在到达普吉的途中，我和他同在一个飞机上，后来又一起来到……”

赵鹏刚说到这儿，突然把话咽了回去。他觉得眼前的事情太离奇了，有点不可思议。他突然长了心眼。

“后来呢？”女店主仍然紧追不舍地问。

“后来……我们就分手了……”赵鹏平静地答道。他在说这番话时，警惕地打量着这位陌生的法国老妇人。他很奇怪，自己到旅馆个把钟点，女店主便向他打听李壮飞的情况，这究竟是纯粹的巧合，还是别有企图呢？再说，他也从来不知道李壮飞教授还有个法国朋友，当然，李壮飞早年在法国留学，这是人所共知的，可是天底下哪有这样巧的事，在这么个偏僻的东南亚海滨，有个古怪的法国旅馆的女老板打听李壮飞，这可叫人纳闷……

女店主是个再精明不过的女人，她莞尔一笑，一语道破了赵鹏的猜疑：“赵先生大概对我有些不放心吧，其实在这种场合，我也许是太冒昧了，我不过是随便问问而已。”她伸出修长的手指，捋了捋披在肩上的金发，继续说道，“赵先生，我虽然从来没有到过贵国，但是，熟悉我的朋友都知道，我对中国有种特殊的情感，这，也许是我一生不幸的根源。当然现在提这些毫无意义。只是人到了像我这样的年纪，免不了喜欢回忆往事，怀念过去的岁月，想念那些死去的和活着的朋友。我想，对于一个孤独的老人，产生这种可怜的怪念头，您大概不会怪罪吧。”

不待赵鹏回答，这个法国老妇人仍然用略带伤感的口吻讲道：“我理解你的心情，因为我的问题对你来说太突然了。不过，我可以坦率地告诉你，我绝不是无缘无故地向你问起李壮飞来的。从你进到小店的那一刻起，我就立刻想找你谈一谈，因为我偶然发现一件很眼熟的东西，这件东西本是属于我的，却在你手里……”

赵鹏越发摸不着头脑了，他简直有点怀疑这个女店主的精神是否正常。

“你的东西……在我手里……”他机械地重复道，同时用疑惑的眼光注视着对方。

“不错，我的东西。”女店主用不容置疑的肯定口气强调道。

“什么东西？”赵鹏探身问道，他觉得事情越来越荒唐可笑。

“你携带的那只皮箱！”女店主答道，“当然，那只皮箱我知道是李壮飞先生的，但是你大概还不了解，那只皮箱原先是属于我的，是我送给他作为纪念的……”说到这里，她的眼睛湿润了，声音也有些哽咽。

屋子里顿时沉寂下来。过了片刻，稍稍平静的女店主说起三十年前她和李壮飞之间的一段往事，那是发生在巴黎的一曲罗曼史……

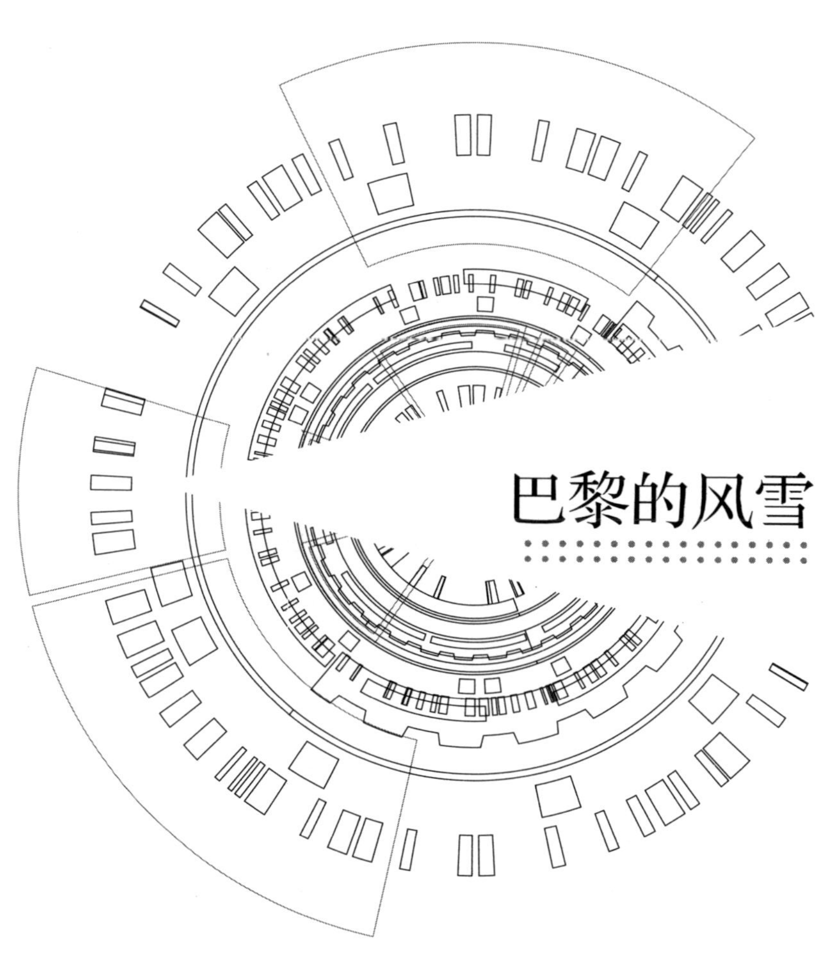

巴黎的风雪

夜色更深。被暴风雨折磨得奄奄一息的普吉海滨，好容易疲倦地安睡了。只有海浪不时地发出深沉的叹息，哀伤地抚摸着一片狼藉的海滩和百孔千疮的巉岩，像伤心的母亲用泪水和温暖的手掌抚慰孩子身上的伤口……

客厅里很静，只有女店主时低时高的声音。她是个很健谈的人，她的坦率以及她惊人的记忆力，很令赵鹏暗暗吃惊。她回忆起年轻时代在巴黎生活的细枝末节，她和李壮飞结识的前前后后，那都是三十多年前的往事，她却记得那样真切，仿佛这一切都是昨天刚刚发生似的。

“我和李壮飞先生认识是非常偶然的。”女店主抽了口烟，稍稍想了一下，接着讲道……

我的一生很不幸的，和许许多多穷苦人家的孩子一样，我的童年是悲惨而且辛酸的。我在巴黎最肮脏、最寒碜的贫民窟长大，父亲死得很早。听母亲告诉我，在我不到三岁的时候，我的父亲在一次风暴中葬身海底。他是一艘远洋轮上的水手，那条船经常往来于地中海、印度洋和亚洲东岸。据说他们的船在驶出苏伊士运河，进入印度洋不久，在孟加拉湾突然遇到可怕的风暴，无线电联系中断了，没有人知道他们经受了怎样的折磨和痛苦，但是可以肯定，船上的三十多个船员没有一人幸免，那条五千吨的货轮在风暴中迷失方向，触礁沉没了。

我的童年就这样注定了没有欢乐，没有歌声，也没有笑容。母亲是个很要强的女人，她默默地承受着沉重的打击，把抚养我成人作为对丈夫的怀念，也作为她精神上的唯一寄托，她咬紧牙关，到工厂做工，到公司里当打字员，给小学代课，几乎什么重活累活都干。她的体质本来就差，沉重的劳动和精神上的折磨很快使她衰老下来。我十六岁那年，母亲突然得了可怕的风湿性心脏病，病势很猛，很快瘫痪不起。这样一来，本来就很拮据的日子过得更艰难了。死去的父亲留给我们母女的只有一栋破旧的房子，两层楼外带一座种满葡萄和紫丁香的院子，这就是唯一的遗产，除此之外，我们母女的生活来源就靠父亲一笔菲薄的抚恤金，每月才五十法郎，光是母亲吃药一项就要花掉三分之一。我当时还在上女子职业中学，虽然是免费的，但吃饭、穿衣还要自己负担。不管怎样节衣缩食，勒紧裤带，生活还是很难维持下去的。

怎么办呢？我们一筹莫展。正在这时，经常来串门的邻居杜阿太太——她是一个鞋匠的妻子——给母亲出了个主意，那时候，有不少外国学生到巴黎留学，那些有钱人家的子弟当然是住在有现代化设备的公寓里，但也有不少穷学生，他们愿意找一些花钱少的地方，只要有个安身的地方就行。

“我看哪，你们娘儿俩就把楼上那两间房子腾出来，贴个条子租出去，你说呢？”杜阿太太扭动着胖墩墩的身子，对母亲说。

母亲疑惑地望着杜阿太太富有表情的圆脸，又望望我，迟疑

地说："那当然好，可是人家看得上我们这破房子吗？"

"你呀，就是死心眼儿！"杜阿太太唾沫星子直溅地对母亲说，"收拾收拾嘛，再买几张便宜的糊墙纸把墙壁糊一糊，还有……"她推了我一把，吩咐道，"快，到我家阁楼上把那半铁桶油漆取来，我们说干就干。"她是个急性子的人，当我一阵风似的把油漆取来时，杜阿太太已经挽起胳膊，腰间系上一块旧围裙帮助我们收拾开了。

"玛格丽特，我们把它收拾得像结婚的新房一样……"杜阿太太快活地嚷道，真好像是办什么喜事似的。

两间房子真像杜阿太太说的那样焕然一新，变得连我都认不出它原来是那么寒酸的模样了。我找了几张纸，工工整整地写了招租的广告，然后把它们贴在显眼的地方，我贴在大学生经常聚会的酒吧间门外的电线杆子上，还在离家不太远的巴黎理工学院的校门旁边的围墙上贴了一张，从这天起，我祈祷全能的上帝能给我赐福，希望有人发现它们。我甚至一有空就站在阳台上向巷口张望，把每一个路过的都当成来租房子的人。唉，想起那时天真的傻样子，真叫人好笑。

一天过去了，两天过去了，一连三天都白白地过去了，连个鬼影子都没见到。我和母亲完全失望了，连杜阿太太也失去了信心，她开始抱怨起来。

"我看哪，准是你广告没有写好！"杜阿太太还没进门，就嚷嚷开了。她冲我说道："你没见过那些做生意的吗，就得会吹，什么阳光充足、空气新鲜呀，设备舒适、环境安静呀，还有什么服务周到……你都得一条一条写进去。"

她还没说完，我和母亲都忍不住扑哧一声笑了。

“笑什么？”杜阿太太瞪了我一眼，一本正经地说，“别看我没做过买卖，这一套我全懂……”

她正要滔滔不绝地往下说，如果没有人打断她，也许她会讲上一个钟头都不嫌累，就在这时我一眼瞥见院子里站着一个陌生的人。

这是黄昏的时候，玫瑰色的晚霞在紫丁香盛开的院子里，在那个陌生人的脸上和衣服上洒下一层金箔般的光辉。来人穿着一件浅灰色的西服，衣服半旧不新但洗得很干净，他犹豫地向屋子里瞧了瞧，接着用流利的法语喊道：“请问，这儿有房子出租吗？”

我一眼发现他的手里攥着一张小纸片，一点儿不错，那是我写的招租广告，这时我的心像小鹿一样蹦跳起来，飞快地打开门，一溜烟地跑到那个陌生人面前。

“先生，您是来租房子的吗？”我高兴得喘不过气来。

我这才看清楚，他是个中国人，一个年轻的中国人。他的一双闪闪发亮的黑眼珠在我脸上凝视了几秒。啊，那是一双善良的、充满智慧的眼睛，叫人一眼就能看透他的内心世界。

“小姑娘，这是你写的吗？”他晃了晃手里那张纸片。

我突然一下子羞得满脸通红，点了点头。那时候我由于营养不良，个子长得很瘦小，他把我错当成小孩子了。

他笑了，露出洁白的整齐的牙齿，“你的字写得真不错，这样吧，以后就请你当我的老师，教我法语，行不行？”

我以为他在取笑我，抬起眼睛瞥了他一眼，但他的神情是那么认真。我的脸发烧了。

杜阿太太拍着手冲出房门，高兴得手舞足蹈。那天晚上，事情谈妥了。这个中国人很满意地看了看楼上两间房，答应第二天就搬来。他坐了一会儿，问起母亲的病情，他宽慰母亲不要忧虑，他告诉我们，中国有一种特效药，治疗风湿性心脏病特别有效，他答应托人到中国购买。

这个新来的房客不是别人，就是今天中国大名鼎鼎的空气动力学家李壮飞教授，那时候他还年轻，三十岁不到，大约只有二十六七岁吧，我们都称呼他“李先生”。当时他是巴黎理工学院的研究生，是个顶和气、顶有学问的人。整整三年，他和我们住在一起，和我们和睦相处得像一家人一样。他是个诚实的有教养的人，过着像钟摆一样有规律的生活。一年四季，不论是刮风下雨，还是严寒酷暑，他每天总是早出晚归，除了到实验室，或者上巴黎国立图书馆，几乎从来没有见过他上过戏院，或者在酒吧间消磨过一个周末，他像个虔诚的清教徒，把自己关在楼上，悄无声息地看书或者写他的著作。从李先生搬来之后，常来串门的杜阿太太说话也压低了嗓门，事先都要问一声：“那个中国人在家吗？”这个杜阿太太平时最爱挑剔人，可是他对李先生的人品学问打心眼里佩服得五体投地……

李先生搬来第三年，这个冬天是巴黎几十年来最寒冷的。圣诞节前半个月，下了一场半米来深的鹅毛大雪，我们的小院子像铺了一层洁白的毯子，几株脱光叶子的丁香缀满了素雅美丽的银花。就连塞纳河都完全封冻了，河面可以通行载重汽车。人们都说，巴黎的雪景难得见到有这么美丽的，但那时我并没有欣赏雪景的雅兴。寒冷对穷人从来不是福利。入冬以来，特别是气温突然下降的那几天，母亲常常整宿整宿地咳嗽不停，使人听了心里像猫抓似的。虽然李先生请了一位医生，也吃了药，打了针，但病情并没有好转。

一天晚上，李先生很晚还没有回来，做好的晚饭已经冰凉冰凉，始终不见他的影子。我把母亲安顿上床，坐在壁炉旁看了一会儿功课，便呆呆地望着炉子里跳动的火舌，不知什么时候，我便靠在椅子上迷迷糊糊地睡着了。

不知过了多久，我被一个熟悉的声音惊醒了。

“玛格丽特，快醒醒，你这样会着凉的……”

我睁开眼睛，是李先生，他把身上的大衣披盖在了我身上。

“先生，你怎么这么晚才回来，饿坏了吧？”我连忙跳起来，把冰凉的饭菜重新拿到厨房里。

“不，我一点儿也不饿……”他脸色绯红，不知是因为冻的还是因为心情兴奋，连说话的声音都和平时不大一样。

我把热好的饭菜放在他面前的桌上，偷偷地瞟他一眼，见他坐在椅子上呆呆出神，那一双眼睛像黑宝石似的闪闪发光，似乎里面有一团燃烧的火焰。

“先生，你怎么啦？”我把盘子推到他面前，好奇地问。

他蓦地一惊，像是从梦中惊醒似的，朝我脸上望着，接着无缘无故笑了起来，笑得连我也感觉很窘。突然他又从椅子上站了起来，神情颇为激动地说：“玛格丽特，我只告诉你一个人……你是全世界第一个知道它的……”

他的这句话没头没脑的，把我完全弄糊涂了。

“你说什么呀？”

大概他也觉察出自己语无伦次，忍不住笑了，连忙解嘲地说：“你瞧，我简直高兴得糊涂了，连说话也颠三倒四的……”

“是这么回事。”他重新坐下，招呼我坐在他对面，接着说

道，“我研究的一个课题叫作人工控制台风，现在已经初步成功了。当然这还是实验室的模拟阶段，不过可以肯定，它一定会实现的，只要给我条件，我就可以控制台风……”他的眼里洋溢着幸福的光彩，连我也深受感染。

“控制台风？”我惊讶地说。我承认，我根本听不懂他说的是什么。我那时候才读完中学，对科学只懂得一点儿皮毛，对他从事的研究工作可以说一无所知。

但是李壮飞兴致勃勃地讲了起来，像对学生讲课似的，用很通俗的语言把他的研究成果讲给我听。他的话给我留下的印象实在太深，一直过了多年我仍然没有忘记。

“你知道吗？台风是热带海洋上空发生的一种强大的气流，它有各种不同的名称。在大西洋和东太平洋，人们称它飓风，这个词来源于印第安人语言中的‘风暴之神’。美国东部沿岸、墨西哥和中美洲的西部沿岸都叫它飓风，印度洋孟加拉湾一带称它为风暴，只有西太平洋的菲律宾、日本、中国称为台风。这是一种很可怕的严重灾害性天气，它形成时会产生猛烈的狂风暴雨，海面上出现恐怖的惊涛骇浪。台风产生的巨浪对沿海地区是可怕的灾难，可以冲毁坚固的海堤，淹没农田和低洼的地方，摧毁建筑物和公路，把树连根拔起，把房屋毁掉，使海上的船只沉没。台风带来的暴雨也是惊人的，降水量每小时可达几十毫米，倾盆大雨可持续几个小时，日降水量可达到几百毫米甚至上千毫米。台风来时往往风雨交加，而它的风速同样是快得惊人，每秒可达70米，一般都在12级以上……”

“啊，简直太可怕了！”我失声叫了起来。

李壮飞的目光暗淡下来，深沉地说：“台风是自然界最可怕的一种破坏力量，虽然它也有好的一面，这就是定期给陆地送来大量的水，但是它总要同时给人类带来惨重的灾难，好像它给人类做了一点儿好事非要人类支付相当于几十倍的代价不可。”接着，他给我讲了一个故事，他说在中国东海海边的一个渔村，在一座缓缓起伏的山岗上，屹立着一块奇怪的石头，这块巨石远远望去极像一个背着孩子、向茫茫大海眺望的女人，村民们都叫它“望夫石”。李壮飞从小是在这个渔村长大的。小时候，他听老年人讲起“望夫石”的来历，原来那是一个非常悲惨的古老传说：有一次，一个渔夫出海打鱼去了，突然遇到了可怕的台风，这场台风是那样凶猛可怕，它掀翻了渔船，卷走了可怜的渔夫，然而他的妻子并不知道海上发生的惨剧，她仍然每天背着刚生下没多久的孩子，在渔村旁的山岗上盼呀，盼呀，等候着丈夫归来，但是一天天、一月月、一年年过去了，渔夫一直杳无音讯，他的妻子和孩子变成了一块“望夫石”……

“这个悲惨的传说在我幼小的心灵上留下的印象太深了，”李壮飞神情悲戚地说，“我记得当老人讲完‘望夫石’的故事时，我噙着泪花，暗暗发誓，我一定要制服这可恶的台风。也许是这个缘故，我后来决定研究台风，寻找人工控制台风的手段……”

没等他说完，我的泪水早就控制不住地夺眶而出了。我哭得那样伤心，李壮飞讲的悲惨的故事勾起了我满腹心酸。我想起我那可怜的父亲所遭到的不幸，他就是被台风夺去了生命的，不仅如此，台风也剥夺了我们一家人的幸福，我想起母亲一生受到的折磨，想到自己。我们虽然没有像传说的那样变成一块顽石，但我们的心在痛苦的煎熬中早已像石头一样麻木，毫无知觉了。想

到这些，我怎么能不伤心呢……

李壮飞没有料到我会这么大动感情，他尴尬万状，连忙百般地劝我，可是这样做适得其反，反而使我更加伤心。我想到自己悲苦的命运，在这个世界上我没有兄弟姐妹，除了病重缠身的母亲，几乎没有一个可以依靠的亲人，我内心的痛苦又有谁能理解呢？

那一次，我们的谈话就这样扫兴地结束了。过了半个月，一天晚上，我又听他讲起人工控制台风。这一次是他在巴黎理工学院科学家俱乐部里，他做了一次公开的学术演讲，参加的都是巴黎第一流的学者、科学家，还有许多风度翩翩的大学生。李壮飞给我弄了一张二楼的旁听证，可是等我磨磨蹭蹭地把家务事料理完毕，匆匆忙忙地穿过大街小巷，赶到那灯火辉煌的大厅时，真不巧，李壮飞的报告已经接近尾声了。

"……台风的形成和地球上任何事物一样都是有规律的。综合以上对全球观测资料的分析，诸位将会同意这样的结论，"李壮飞站在高高的讲台上，指着正面挂着的许多图表对听众说，"台风是一种强大的潮湿的上升气流，广阔的洋面在太阳的照射下受热蒸发，把大量的水蒸气输送到上空，当水蒸气上升时，由于气温按照每百米下降0.6摄氏度的规律递降，又重新凝结成水滴，同时释放出大量热量。这些热量反过来推动和加剧空气的运动。而且当湿热空气上升时，周围的空气就会乘虚而入，从四周向中心辐合，从而产生强大的空气涡旋。这个强大的空气涡旋直径可超过几十公里。它不停地旋转着，逆时针方向旋转着，并且按照一定的方向在海洋上迅速移动，也可以从海上移到陆地，在它经过的地方，伴随着狂风、巨浪、暴雨以及与之有关的洪水和海啸，一直要等到它的能量消失殆尽才最终消失……”李壮飞环顾了一下大厅，目光炯炯地说：“诸位，这就是台风的机制。我们对台风的形成过程已经有了比较符合实际的了解，因此在这个基础上所提出的人工控制台风的理论就不仅仅是一个空想，而是一种在不久的将来完全可以实现的预言。正如我在前面讲到的，台风的威力是可怕的，似乎是不可征服的，但它有一个致命的弱点，这个弱点就是水汽是它生命的源泉。而我们知道，海水的温度只有高于26~27摄氏度，才能提供形成台风的足够的水汽。我们的模拟实验经过376次的反复证明，采用某种物理的或者化学的方法，使海水冷却下来，切断台风的上升气流，也就是说切掉这个庞然大物的尾巴，人类驾驭台风、征服台风的理想就会变成活生生的现实……”

说到这里，李壮飞把手一挥。顿时大堂里响起暴风雨般的掌声，大学生们狂热的欢呼雀跃好久不能安静下来，我被这热烈的场面感动得热泪盈眶，虽然我对李壮飞的研究成果到底有多么巨大的价值并不十分理解，但是我从一阵阵持续不断的掌声中，多少也能体会出来他的研究对人类是一个了不起的贡献，因为我至少懂得，人类一旦发现了有效的控制台风的手段，那可悲的“望夫石”的惨剧再也不会发生了。

然而我没有想到，李壮飞为人类造福的研究成果并没有给他带来幸福，相反却招来一场灾难……

女店主一口气讲了快一个钟头，她歇了歇，然后用征询的眼光瞅着听得入神的赵鹏，意思是：还愿意听下去吗？

“后来发生了什么事情？”赵鹏探身问道。

“你一点儿也不知道吗？”女店主反问了一句，“他真的没有给你讲过吗？”

赵鹏耸了耸肩膀，“的确不知道，连刚才你讲的我也头一次听到。”他答道。

“后来的事情……是这样的……”女店主从沙发上站起来，舒展了一下坐得麻木的四肢，信步走到窗前，背对着赵鹏继续说。

事情的发生是出乎意料的，当然我那时年轻，对有些事情也不大留心，有许多的内情也知道得并不十分清楚。事后我才知道，李壮飞那天的演讲也是很勉强的，他本来并不想过早地宣布研究的成果，这并不是有什么其他目的，他当时仅仅认为人工控制台风还处于模拟试验阶段，离具体实施还有相当大的距离，而且这后一步的研究工作困难程度更大。可是巴黎理工学院科学俱乐部的主持者一再央求，而且事先把演讲会的消息公之于众，这样一来，李壮飞不得不答应做一次小范围的学术交流。但是后来的情况并不是李壮飞所预料得到的，演讲会的规模大大超过了小范围的学术交流，而且新闻记者当晚就做了详细报道，第二天全巴黎的报纸都在头版刊登了这个轰动一时的消息。李壮飞对此十分恼火。当然，据他后来讲，幸好他事先有所考虑，他演讲的内容只是一般性的结论，至于实验的具体细节和数据，一个字也没有透露。但即使是这样，他也认为自己是进了别人的圈套。

大约是过了一个星期，正是吃饭的时候，一辆黑色的菲利普牌小轿车停在我们家的院墙外面，一个四十来岁、满脸络腮胡子的胖子从车里钻了出来。

李壮飞正在用晚餐，当他从窗户上一眼瞥见走进院子的那个来客时，眉头蹙了起来，流露出很不痛快的样子。

“李先生，对不起，还得耽误一下您的宝贵时间。”这个胖子满脸堆笑，一进门就坐在李壮飞对面的一把椅子上，顺手把棕色公文包放在桌子上。

“不忙，你先吃饭……”他见李壮飞不悦的神色，故意找话说，“我先歇口气，我可找了你老半天，唉，这个鬼天气，到处是湿漉漉的，汽车净打滑……”

“我已经吃完了。”李壮飞喝了一口汤，冷冷地说，“有话请上楼去谈吧。”

那个胖子一听说上楼就抓起他的公文包，急不可耐地朝楼梯走去，李壮飞随后跟了上去。就在这时，在那个蠢猪踩着咯吱作响的楼梯上楼时，李壮飞回头向我使了一个眼色。

我心里一惊，没有马上领悟过来，等他们上楼以后，我一面收拾桌子，一面思索李壮飞使眼色的用意。我推开门朝院子里瞧瞧，没有人，只有那辆‘菲利普’像一只黑怪兽蹲在门口。我重新审视了房内的几件家具，也没有发现什么，桌上除了几只空盘子和几只空碟子，没有另外的东西。我还是不放心，在李壮飞刚才坐的地方来回走了几遍，当我撩开桌上的台布，蓦地，我的眼睛一亮，桌子底下原来有只皮夹子，鼓鼓囊囊的。想起来了，这是李壮飞时刻不离身的，他刚才进门时顺手放在椅子上，不知什么时候悄悄藏在桌下了。

我的心情顿时紧张起来，隐约感觉有些不妙，我急忙拾起皮夹子。可是把它藏在哪里合适呢？我灵机一动，突然想到杜阿太太，于是我一溜烟跑到她的家里……

当我回来时，李壮飞和那个胖子说话的声音在楼底下听得清清楚楚——我们那栋老房子的楼板像筛子似的毫不隔音，我坐在楼下就和坐在他们面前一样。

“……你不必多费口舌。”这是李壮飞的声音，“我再重复一遍，我是个搞自然科学的，我的研究是为了造福全人类，使人类进一步摆脱自然界的奴役，成果当然要公开发表，我有什么理由据为己有呢？所以你说那些话是毫无意义的。不过我倒是要请教请教，你们为什么要买这个专利呢？据我所知，贵国所处的地理位置是没有台风发生的，你们对我的这项成果为什么抱有这样大的兴趣呢？”

“嘿嘿……李先生何必多疑。这件事情对你来说是有百利而无一害。只要李先生说一声同意——这对你来说是轻而易举的，你这一辈子还愁什么呢？你继续研究需要的经费和实验设备我们完全可以提供，至于名誉、地位、金钱，更不在话下。我们聘请你当客籍教授，给你一个研究所，你需要什么条件我们保证……”

“别说了，你并没有回答我的问题。”

楼上沉寂下来，只有沉重的脚步声，不知是谁在来回踱步。

“好吧，既然李先生非要刨根问底，我可以打开天窗说亮话，正如李先生所言，我国的地理位置是得天独厚的，上帝赐给我们和台风永远沾不上边的有利条件。正是因为如此，我们不希望这项成果落在别人手里……”

“我不懂你的意思……”

“哈哈哈……”胖子笑道，“李先生这么聪明的人怎么连这一点都不知道。”他说到这里，戛然而止。接着楼上传来玻璃杯子相碰的清脆的声音。

“谢谢，”胖子嘴里像含着什么似的嘟囔道，“李先生，我们还是合作吧，要知道，如果我们掌握了人工控制台风的技术，哈哈，世界就会改变现有的秩序……”说罢，他放肆地狂笑起来。

“原来是这样……”李壮飞突然提高了嗓门，怒不可遏地拍起桌子，“你……你……”

我正侧耳倾听他俩一来一往的争吵，突然，李壮飞的声音微弱得几乎听不见了，接着楼板上“咕咚”一声，不知是什么沉重地摔倒了，好像整个楼房塌了似的。我吓得出了一身冷汗，连腿肚子都软了，这时母亲也从里屋挣扎着走了出来。

“怎么回事？”她声音颤抖地问。

我的嘴唇翕张，紧张得说不出来话来。就在这时，我分明听见楼上一阵手忙脚乱的声音，接着一个黑影从阳台跳了下来，飞快地穿过院子夺门而出，很快，那辆“菲利普”的引擎响了起来。

坏了，我没命地朝楼上跑。房门关得死死的，我惊慌地大声喊叫：“李先生，快开门！”可是屋子里没有一点儿声音。

我吓坏了，一种莫名的恐惧包围了我的全身，我以为他被那个胖家伙谋杀了。当我使出全身力气把门顶开时，李壮飞直挺挺地躺在地板上，我哇的一声哭了起来……

以后的事情是可想而知的。杜阿太太给警察局挂了电话，很快，警察、警犬和救护车都来了，李壮飞被送进了医院抢救——他并没有死，那个胖子在他的酒杯里偷偷放了一粒速效麻醉剂，企图窃取他的手稿。这个卑鄙的家伙做梦也未料到，李壮

飞早有提防，藏有手稿的皮夹子在他的眼皮底下转移到我的手里了……”

好容易熬过了一个星期，我们获准到医院探望李壮飞。母亲那时候已经可以走动了，她陪我一起来到医院。他躺在一间单人病房里，房子里充满阳光，有一股淡淡的药水味。当我捎上一束鲜艳的矢车菊推门而入时，他那苍白的脸泛出淡淡的红晕，眼睛闪动着喜悦的光芒。

“啊，玛格丽特，快进来。还有你，太太，你怎么也来了？来，这儿坐。”李壮飞高兴极了，从床上坐起来。

“别动别动。”母亲劝阻道，“你身体怎么样？不要紧吧？唉，真是万万没有想到……”

“没什么，你瞧我不是很好吗？”

“那就好，那天可把我们吓坏了，玛格丽特都急得哭了起来……”

“妈妈——”我急忙制止母亲，不让她胡扯下去。

我们刚说了一会儿话，这时，门轻轻推开了，走进来一个头发花白的老警官。我认识他，事情发生的当天晚上，是他来现场检查的。

“好极了，你们二位也在这儿。”老警官望望我们，顺手关上门，然后跟李壮飞说：“对不起，要打断你们的谈话了……”

“哪里，欢迎你来，我很想知道案情进展的情况。”李壮飞一面招呼老警察坐下，一面指着我和母亲说道，“这位是我的房东太太，这位是她的女儿玛格丽特小姐，不碍事吧？”

“我们见过面，”老警察答道，“在一块儿谈谈也好，因为有些事情还要请这位太太和小姐帮忙。”说罢，他打开公文包，取出一张照片，递给李壮飞，“你认识这个人吗？”

“就是他，他怎么死啦？”李壮飞两眼盯着照片，大惊失色地问道。

我从他的肩头望去，照片上是一具直挺挺的尸体，不错，正是那个胖子，他的胸口插着一柄锋利的匕首，上衣浸出一块很大的血渍。

老警官抽出照片，用有点沙哑的声调低声说：“这是今天黎明在朗布依埃森林附近的一个池塘旁边发现的。根据我们掌握的档案材料，他叫弗兰贝克，绰号‘红毛狗’，是一个庞大的国际组织的雇员。他的被害，据我们分析是他们内部干的，因为这个无孔不入的间谍机构组织非常严密，手段也特别毒辣，对于没有完成使命的人往往是处以极刑，当然也有另外一种可能，这就是切断线索，以免暴露其他同伙。”

老警察说完，李壮飞半天没有开口。沉吟片刻，他问：“那么，你们下一步打算怎么办？”

老警察耸耸肩，双手扶着立在膝上的公文包说：“这就是我来找你要商量的事情。不瞒你说，我们的安保力量是无法和这个有国际背景的间谍集团较量的。你们也许不了解黑社会的内幕，他们神通广大，渗透到很多国家的首脑部门。他们是一伙魔鬼，没有人知道他们的底细，也无法探查他们的行踪，所以唯一的办法是，用你们中国人的一句古话来说，‘敬鬼神而远之’，少惹他们……”

“照这样说，你们就无能为力了吗？”

“也可以这样理解。”老警察尴尬地苦笑道，“至少在这个案子上，你还活着，而他已受到最严厉的惩罚，尽管这是另外一种意义的惩罚。你还能有什么要求呢……”

“可是，以后……”

老警官做了一个手势：“我明白你的意思，的确，他们是不会善罢甘休的，说得明白一点儿，他们肯定还会找你的麻烦。所以我们经过慎重考虑，这完全是出于好意，我们建议你迅速离开我国，只有回国，对你来说才是唯一安全的。”

老警官态度非常诚恳，在当时的情况下，确实没有其他更好的选择。李壮飞沉默了片刻，接受了他的建议。

“那就这样定了。”老警官站起，如释重负地和李壮飞握了握手，“明天黎明，我们送你上飞机，负责让你安全离开我国国境。”

一切就这样决定了。痛苦的、无法改变的离别时刻来得这样快，这样突然，叫人毫无准备。第二天天刚亮，我特地跑到一家犹太人开的店里买了一只皮箱，把李壮飞珍贵的皮夹子以及他的衣物统统放了进去，然后来到天色阴沉的国际机场。母亲头天晚上呻吟了一夜，没有来，杜阿太太陪着我。当我把这只皮箱交给他，握着他温暖的手时，我终于再也无法控制自己，伏在杜阿太太的肩膀上抽泣起来。

我这才知道，我这颗少女的心，随着那穿云而去的飞机一同被他带走了，带到那遥远的中国去了……

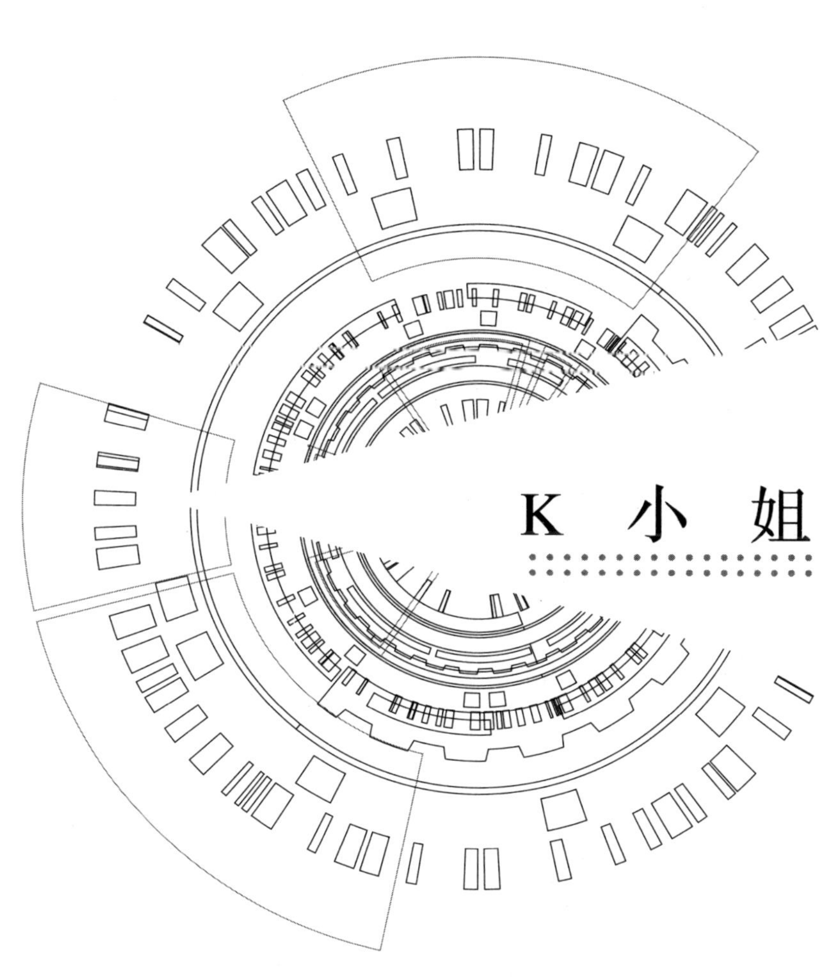

K 小 姐

“从那以后，你们再也没有见过面吗？”赵鹏小心翼翼地问，他被女店主的回忆深深打动了。

女店主长叹一声，从窗户跟前转过身，脸色悲戚地说：“没有，始终没有。后来我结了婚，有了家庭，但是很不幸，我的丈夫在一次飞机失事中遇难。他留给我一笔非常可观的遗产。我悲痛极了，对人生的一切都失去了兴趣，为了排遣我的忧郁和悲伤，我离开巴黎，到世界各地旅行，我花了两年时间做了一次环球旅行，从一个地方到另一个地方，不让自己有一刻思索的时间……”

“后来，你看中了普吉海滨，就在这里定居下来了，盖了这栋旅馆，是吗？”赵鹏用征询的口气问道。

女店主默默地点点头。

这时候，赵鹏感情的闸门终于被一番推心置腹的谈话彻底打开了。在这个善良的法国妇人面前，他已经毫无芥蒂，一种他乡遇故知的感情在他心中油然而生，他甚至把她当作在这个陌生国家唯一可以信任的亲人一样看待了。

不待对方开口，赵鹏从卧室的壁橱里取出了李壮飞的箱子，放在女店主面前。

“哦，就是这只皮箱！”女店主的眼睛亮晶晶地闪着光彩，情绪颇为激动，连声说，“真想不到……他还一直保存着，还把它带在身边……”她一面说，一面用一双纤细的小手抚摸着箱子，仿佛沉溺在往事的回忆中，蓦地，她像是想起什么似的，抬起眼睛直视着赵鹏，问道：“赵先生，他——为什么他的皮箱在这儿？”

赵鹏知道再也瞒不过去，而且也没有这个必要，于是他便把李壮飞失踪的前后经过如实告诉了女店主，并且告诉她他已经向普吉市警察局报了案。

听到这个消息，女店主显然大大震动了，呼吸也变得急促起来。“他们采取什么措施没有？”女店主情绪焦急地问。当她见赵鹏愁眉苦脸地垂着脑袋，半天没有出声时，连忙说：“别着急，让我来想想办法。警察局那帮家伙全是些废物，我认识一个著名的私家侦探，我马上找他一趟……”说罢，她不由分说地对赵鹏讲：“你在这儿等我一下，我马上就来。这只箱子放在这儿不安全，这样吧，我那里有保险柜……”

女店主主动协助寻找李壮飞的下落，对远离祖国、人地生疏的赵鹏无异于雪中送炭。他情绪顿时亢奋起来，脸上也出现了发自内心的笑容。

“那就太好了！”赵鹏完全信任这个李壮飞的老朋友了，他把寻找李壮飞的希望寄托在她的身上，于是，他把箱子交给了女店主。

“请你仔细放好，千万千万……”他没有忘记最后这样叮嘱一句。

女店主急匆匆地拎着皮箱走了，赵鹏送到门口，一直看着她那苗条的背影在走廊拐弯处消失。当他轻轻推上门时，这才感觉浑身十分疲倦，大脑也有点发胀，不过，他的心里却感到慰藉，和女店主的邂逅，使他对找到李壮飞的下落更加增添了信心。也许当地警方的办事效率和侦破能力正如女店主所挖苦的那样，并不怎么靠得住。在这种情况下，女店主的主动帮忙——她不是讲马上去找一个私家侦探吗？说不定案情会在这儿出现转机。因为侦探毕竟熟悉当地的情况，而且他的交友一定也十分广泛……

赵鹏正在这样遐想，蓦地，一声尖厉的叫声把他吓了一跳。声音是从走廊传来的，隔着一扇不太厚的门听得非常真切，而且赵鹏的耳朵分明听出这是女店主——玛格丽特的喊声。

“不错，是她！怎么回事？”赵鹏的脑子迅速打了个问号。他来不及细想，猛地冲出门外，拔腿向声音传来的方向奔去。他的潜意识告诉他，看来这个旅馆今晚的情况不太妙，女店主说不定遭了暗算。

咚咚的脚步声在灯光暗淡的走廊里响着，赵鹏一口气跑到走廊拐弯的地方，那里是电梯的出入口。果然，他一眼瞥见女店主躺在地上，那只皮箱扔得老远。赵鹏收住脚步，俯身把她扶了起来。

“怎么回事？你受伤了没有？”赵鹏气喘吁吁地问。

女店主没有回答，却像受惊的兔子迅速从赵鹏手里挣脱出来。当她看清来人是赵鹏时，这个五十岁的老妇人突然变得手脚利索，腾地从地上一跃而起，接着向前蹿了几步，把那只皮箱夺回手里。

就在这一瞬间，赵鹏发现前面不远的房门开了，一个动作敏捷的黑影闪身而出，飞快地朝这边扑来。女店主一看不妙，顺手把赵鹏往前一推，喊了声“揍他”，撒腿就从电梯飞快地逃走了。

赵鹏来不及思索，已经和扑过来的人狭路相逢了。他还没有看清对方的模样，伸手就把对方拦腰抱住，那人跑的速度太快，没有提防会遇到这样一个对手，只听见“咕咚”一声，两人双双倒在地上。

“是我！”那个黑影惊叫起来，同时抬起双臂挡住赵鹏没头没脑的拳头。

赵鹏身躯高大，臂力过人，从小又喜欢舞拳弄棒，懂得几分拳术。这时候，他那无名怒火不知从何而起，他想，反正这个家伙肯定不是什么好人，是好人绝不会半夜三更拦路打劫一个上了年纪的妇女。想到这里，他那结实的拳头朝对方的脸上、胸膛和胳膊上像雨点般落了下来。

对方急了，把脑袋一缩，两腿向后挪了两步，拼足气力朝赵鹏的腹下猛撞过来……

这一招着实够厉害的，赵鹏顿时疼痛难忍，一个趔趄，身子沉重地摔在地板上。等他昏头昏脑地爬起来，和那人打个照面，他一下怔住了。

巴莫春篷少校双手搭在腰间，以胜利者的姿态站在他的面前，悻悻地问："赵教授，你这是怎么搞的？"

"是你？！"赵鹏愕然了，脸色窘得通红，说话的声音微弱得像只蚊子一样。

"想不到你的拳术还有两下子……"巴莫春篷一边用嘲讽的口气说，一边揉着疼痛的胳膊。

事情太出乎赵鹏的意料了，他只好一面低声下气地赔着笑脸道歉，一面询问个中的究竟，可是巴莫春篷半开玩笑半认真地回了他一句："你问我？你自己把女间谍放走了。"

赵鹏仿佛挨了一闷棍，顿时蒙住了。"谁是间谍？"他吃惊地问。

"谁？你把李教授的皮箱亲手交给她，还亲自掩护她逃跑，而且殴打警方人员，你还问谁？"巴莫春篷怒气冲冲地质问道。"当然，我是连看一下皮箱都不行的。"末了，他又报复地回敬了一句。

"是她，玛格丽特……"赵鹏呆若木鸡，张口结舌说不出话来。他仿佛咽了一把家乡的怪味豆，酸甜苦辣的滋味一起涌上心头。

大概巴莫春篷觉得玩笑不宜开得过了头，打了个圆场，拍了拍赵鹏的肩膀，道："行啦，别这么愁眉苦脸的，她跑不了……"

话音未落，电梯门开了，几名全副武装的警察压着女店主走进来，女店主神色颓唐，耷拉着脑袋，和刚才的样子几乎判若两人。

但是，接下来的事情使赵鹏大为吃惊，当女店主被几名警察押出电梯时，走在最后面的一个人，却是赵鹏认识的，他就是那个老司机，送他到绿岛旅馆，而且在钞票上提醒过他的那个老头。

赵鹏奇怪他怎么又来了，而且和警察掺合在一起，可是话还没说出口，那个老司机向那几个膀大腰圆的警察挥挥手，警察们便乖顺地退下去了。这时巴莫春篷少校迎上前来，把右手搭在帽檐，向老司机恭恭敬敬地行了个礼。

“局长阁下，李壮飞教授肯定是他们一伙绑架的。”巴莫春篷说道，同时向垂头丧气的女店主瞄了一眼。

赵鹏这时如梦初醒。闹了半天，老司机原来就是一直不肯露面的警察局长，他根本没有料到这一手。看来，他们比他想象的要精明强干得多。

其实，警方早已把绿岛旅馆包围得水泄不通。接着，他们就在赵鹏住的那间房里进行审讯，他们知道，时间相当紧迫，拖一分钟只能给下落不明的李壮飞多一分危险。

老司机——不，是装扮成司机的警察局长，恶狠狠地反扭着女店主的胳膊，一直把她推搡到客厅的角落里。

“老实点，你敢试图反抗，我是决不客气的。”警察局长手里抛着一只小口径的袖珍激光手枪，脸色阴沉得可怕。

赵鹏是最后一个进来的，他疲倦地倒在沙发上，用淡漠的眼神审视着眼前发生的一切。他的心情是矛盾而且复杂的，他当然是绝对相信警方的，他们绝不会幼稚到诬赖一个奉公守法的外国侨民；但是赵鹏的目光一接触到靠着墙的女店主，这个曾经和他谈得十分投机的法国老妇人，要他立即承认她是个卑鄙的间谍，而且居然是对她过去钟爱的朋友下毒手的恶棍，在这一点上，却是他正直的良心无法理解，也难以在感情上一下子接受的。他决定不再吭声，静观事态的发展。他觉得自己当了一夜的傀儡，被角逐的双方嘲弄得够可以了，他那科学家的自尊心受到了很大的伤害。

女店主的身子靠在墙上，背对着众人一直闷不吭声，忽然她猛地回过头来，挥动着双手，怒气冲冲地向警察局长嚷道：“我抗议！你们凭什么平白无故地欺负我这样一个女人，我要向法国大使馆控告你们！”

但是，对她的抗议，警察局长和巴莫春篷却报以轻蔑的微笑。

“请便，你完全有权利控告我们，”警察局长刻薄地挖苦道，“可惜你选错了职业，如果你去当演员，我相信你的表演一定很精彩。”说罢，他哈哈大笑起来。

“我不懂你在说些什么……”女店主咕哝着，但她的声音软弱无力，像泄了气的皮球一样。

“你完全明白，我看这出戏到此可以结束了！”警察局长提高嗓门喝道，接着他向巴莫春篷递了一个眼色，“少校，请你帮帮忙，给这位小姐卸卸妆，恢复她的尊容吧。”

赵鹏这时发现，当警察局长说出最后一句话时，女店主仿佛遭到电击似的，整个身体战栗起来，她的胸部急剧起伏，双手立即把脸捂住，同时身子也竭力向墙角退缩——实际上她已无路可走了。

巴莫春篷摇晃着魁梧的躯体向她渐渐逼近，同时从牙缝里挤出几句咬牙切齿的警告：“K小姐，何必这样扭扭捏捏，反抗是毫无用处的……”

这几句话显然在这女店主的身上起了不少的作用，赵鹏发现，她像是听到什么可怕的消息，整个精神支柱如冰山融化一样完全垮了，脸上显出一种痛苦的、绝望的表情。就在这一刹那，巴莫春篷跨步上前，以迅雷不及掩耳的动作在她面部用力一撕，没等赵鹏明白是怎么一回事，一张薄如蝉翼的面罩从她脸上揭下来了。

“一点儿不错，是你，K小姐……”警察局长在一旁得意地摇晃着身体，指着转脸对赵鹏说，“教授，看清楚了吧，这才是她的真面目。”

赵鹏半天没有说出话来，他的惊讶程度超过在场的任何一个人，因为眨眼工夫，就像变魔术似的，墙角的那个女店主突然不见了，代替她的是个面目完全陌生的女人，她的脸盘虽然和女店主有某些相似之处，但是年龄却相差很大，简直就像女店主的女儿一样。她脸色红润、皮肤白皙，一双水灵灵的眼睛滴溜溜地转动，和徐娘半老的女店主截然不同，当她那狡黠的目光和赵鹏不期而遇时，赵鹏顿时感到脸上火辣辣的，一种被侮辱的感觉咬啮着他那善良的心。他连忙把目光移到别处。

客厅里暂时沉寂下来，几双眼睛互相对视，每个人都在想自己的心事。

警察局长首先打破了沉默，他看看表，从沙发上跳起来，大声地对女间谍嚷道："喂，别磨磨蹭蹭了，赶紧把李壮飞教授交出来吧！"

那个名叫K小姐的女间谍闻声哆嗦了一下，她咬了咬嘴唇，回头用敌视的目光将屋里的人扫视了一遍，然后冲着警察局长冷笑道："局长先生，你们不要高兴得太早，谁胜谁负还没见分晓呢。"

说罢，她用眼角悄悄瞟了一眼漆黑的窗外。

"你……"赵鹏气得霍地站起来，两只拳头攥得咯咯响。他现在才明白面前这个花枝招展的女人原来是一副豺狼般的心肠。

这时，巴莫春篷轻轻拉了一下赵鹏，上前一步对女间谍说："K小姐，我劝你不要再抱幻想了。我倒是想提醒提醒你，就算我们把你放了，你两手空空回去，交不出李壮飞的皮箱，他们会怎么对待你，难道你还不清楚吗？"他故意拖长音调，柔里带刚地讲。

"你应该放聪明一点儿嘛！在这种情况下，机会对你来说已经不多了，你应该为自己的命运多多考虑。"警察局长接着用强硬的口气说，"不过我老实告诉你，错过了机会，你会后悔莫及的……"

警察局长最后的几句话仿佛含有某种特殊的魔力，赵鹏注意到，女间谍的脸色顿时大变，刚才那副傲慢的、强作镇定的神态消失殆尽，尽管她竭力控制自己，然而她的眼睛却掩饰不住内心的恐惧和不安。她望望巴莫春篷，又望望警察局长，最后她像是下了很大的决心，用微弱得几乎听不清的声音试探地问：“你们……你们保证不……不杀我？”

“这完全取决于你自己。”局长故意在手里摆弄那支激光手枪，“你别忘了，从你到普吉那天起，我们已经对你的行动密切监视。你自以为做得很高明，很巧妙，实际上你的一举一动，我们都记录在案。不过说老实话，我们对你们算是很客气的，这一次你们实在是闹得太不像话了，你们居然在我国境内进行绑架，这才逼得我们不能不采取非常手段。这点，你难道还不明白吗？”

女间谍听警察局长说罢，默不作声。她知道自己全盘输了。过了几秒钟，她抬起眼睛斜视着巴莫春篷，无精打采地道：“好吧，给我一支烟……”

巴莫春篷把烟盒递给她，同时盯着她的眼睛说道：“喂，你嘴里的那个玩意该交出来了吧！”

女间谍的眉毛跳了几下，她想矢口否认，但又很快打消了这个念头。她意识到，自己的活动确实被警方侦探得一清二楚，什么也瞒不过去了。

“给你吧，现在它对我毫无用处。”说罢，她仰起脖子，把几个指头伸进嘴里。赵鹏吃惊地欠起身子，以为女间谍企图自杀，不料她并无自杀之意，却从口腔里取出一枚很小的物件。这是一枚外形和普通牙齿没有两样的假牙，不过牙槽里有一枚肉眼很难分辨的传感器，巴莫春篷用指头轻轻接触了一下，“假牙”忽地发出了清晰的声音，而且这声音是赵鹏非常熟悉的。

天哪！赵鹏心里惊叫道，这分明是女店主的声音——刚才那一段往事的回忆原来是从这个微型录音机里的放出来的，用舌头舔一舔传感器，就

可以自动调节。

赵鹏气恼地摇摇头，他无法表达自己的愤怒，他的情绪懊恼极了。

这时，时间接近凌晨四点，警察局长霍地从沙发上跳起来。“快说吧，李壮飞在什么地方？”他问女间谍。他早已不耐烦了。

“你们跟我来……”女间谍用手拢了拢散乱的长发，淡淡地回答。

“我得警告你，别耍花招，”巴莫春篷少校拔出手枪朝门外一指，对女间谍说，“别瞧你长得漂亮，你要不老实，我可是不含糊。”

女间谍瞪了他一眼。当她跨出房门时，仍不放心地向警察叮嘱了一句：“你们到时候可得说话算数……”

“少啰唆，只要找到李壮飞教授，什么都好商量。”警察局长边走边说。

赵鹏见他们三人走出房间，连忙拎起李壮飞的皮箱，紧紧尾随而上。此刻，他对这个狡猾的女间谍仍然不放心。“鬼知道她又在耍什么花招？”他想。不过，他又满心希望女间谍说的是真话，那么马上就可以见到李壮飞了。她会把李壮飞关在哪里呢？李壮飞此刻的情况如何？会不会有别的意外……

一连串的疑问在赵鹏的脑海里萦回，他焦急不安地走着，脚下的步伐迈得更快了。

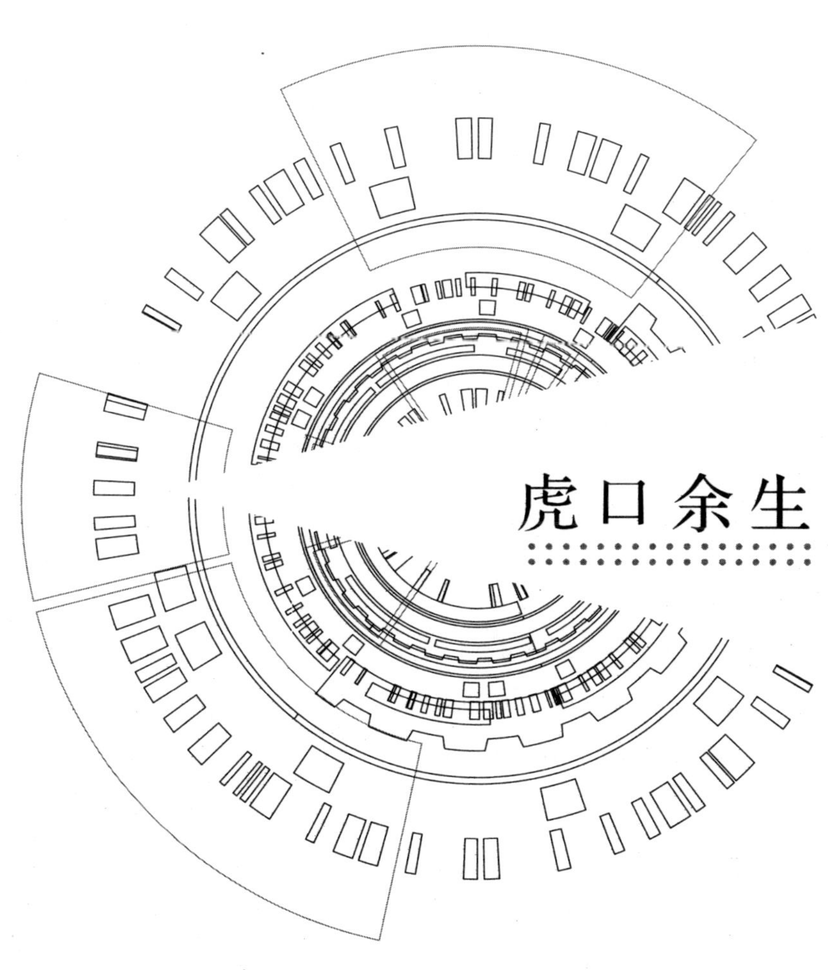

虎口余生

让我们把时针往回拨几个小时，再回到波音999降落不久的、风雨大作的普吉机场……

从嘈杂得令人心烦的机场餐厅出来，李壮飞穿过一条人来人往的走廊，一直走到候机楼外僻静的回廊。这里有一排罗马式的粗圆柱子，他伫立在一根圆柱旁，久久凝视着漆黑一团的天空和大地。这儿没有一个人，听不见乱哄哄的声音，同喧闹的候机大厅如同两个世界。他仰着脖子，眼睛睁得大大的，眼前只能看见一片白茫茫的、从房檐倾泻下来的瀑布般的水帘，别的什么也看不见。令人心悸的轰鸣像山洪暴发充满耳际，他的心被这场突然袭来的台风整个吞噬了。

回廊外面的停车场上不时有几辆汽车慌慌张张地开进开出，在狂风暴雨中摇摇摆摆地挣扎，像风浪中的独木舟似的。黑暗中不时响起一阵可怕的哗啦声，那不是被摧折的树木倒地的声音，就是附近的建筑物被狂风吹倒了。

李壮飞对这一切都似乎视而不见、听而不闻，他的内心深处掀起了无限的狂澜，从飞机上就使他困惑不解的疑问，这时就像毒蛇一样把他死死地缠住，使他无法摆脱，而且愈来愈难以回避。他承认这是一股能量不大的台风，而且他从这场台风形成的速度以及天际已经露出一线淡淡的薄云，断定这场台风不会持续太久。但是他依然固执地认为这不是自然界天然形成的台风，普吉城的地理位置，经度、纬度和海拔高度，与它毗邻的海域水温，盛行的洋流，当前的季节……无论从哪一方面说，都不足以形成一次台风，否则台风的研究就不能被称为科学了。

然而，这一切该如何解释呢？李壮飞暗自思忖：会不会是人工形成的？或者是附近有某个实验中心秘密进行人工控制台风的模拟实验？这个问题在他脑子里想了很久。还在波音999未降落之前，他已经朝那个方向思索过，他是洞悉世界各国对这个课题研究的动向的。他知道，对这个课题感兴趣的，不仅仅是那些受到台风威胁的国家，如美国、日本、中国、印度、东南亚各国和中美洲各国，就连与台风完全无缘的西欧各国也倾注了数以亿计的金钱，组织了强大的机构开展这个项目的研究。不过，到目前为止，大多数国家都处在不同程度的室内模拟阶段，规模都很小，距离真正的人工控制台风，何止十万八千里！

他的脑子很乱，像一团乱麻理不出头绪来。这时风把一阵急骤的雨珠迎面吹来，李壮飞来不及躲闪，上衣落下不少雨点。他突然想起什么似的，返身折回候机大厅。

几分钟后，他走进电话间，查询了普吉市中心气象台的电话号码，他希望能从当天的气象观测记录中找到他的依据，而且，他甚至想找几个同行探讨一下这个自己饶有兴趣的现象——此刻，他的脑子里没有别的，完全被这场神秘的台风占满了。

耳机里“嘟……嘟……”地响了一阵，没有人接。他又重新再拨一次，就在这时，一只手突然伸过来把电话按住，有人靠近他的身旁。

李壮飞感到意外，被这个不礼貌的举动惹怒了，他迅速回过头，想质问对方为什么干涉他，但是当他瞥见站在电话间门口的那个人时，他不由得克制了自己。

这是一个上了年纪的女人，约莫五十岁左右，她倚着电话间打开的门，手里夹着一支烟。

“你……你要用电话？”李壮飞手里拿着话筒，问道。

“不，我不用电话……”对方的一双眼睛毫无顾忌地望着他，笑着回答。

李壮飞这次真的火了，他迅速扭过脸，索性用后背朝着那个莫名其妙的女人。“请你不要妨碍我……”下面的话他没有说出口，他从直觉意识到，这是那种从事非正当职业的女人。

但这个女人并不罢休，她像是缠住李壮飞不放似的，索性把整个身体挤进空间极其有限的电话间，并且顺手把门关上了。

李壮飞顿时像蒙受莫大侮辱似的，再也没有心思继续打电话，唯一的念头是尽快摆脱这个无耻的女人。他压抑着满腔怒火，转过身来，对这个几乎贴在他身上的女人说：“你要干什么？你……”

这个女人不待他说完，喷了一口烟，突然出乎意料地喊了一声他的称谓。

“李先生，啊，对了，你现在是教授了，不认识我了吗？”

李壮飞全身一颤，他扶了扶眼镜架，朝对方的脸定睛望去。

“李先生真是健忘，难道一点儿都不记得啦？”女人淡淡一笑，用手拢了拢金黄色的头发，“也许是我老得不像样了吧。”她故意扭了一下脖子。

李壮飞眯眯眼睛，似信非信地端详面前的这个女人。突然，他的眼睛睁得圆圆的，脸上现出惊喜交加的复杂表情。他向女人的头发、眼睛、鼻子、嘴巴一一看去，像是要把这些个别的特征逐个加以鉴别，渐渐地，记忆的碎片终于拼凑出一幅完整的印象，他想起来了。

“是你，玛格丽特！”李壮飞用微弱的、颤抖的声音喊道，情不自禁地握住了对方的手。

他的心情激动得无法形容。

“想不到吧，我们会在这儿相逢，这真是富有戏剧性。”玛格丽特笑道，她的笑靥仍是那样动人。

“你怎么到这儿来的？是路过这儿，还是……”

“唉，说来话长。”玛格丽特嫣然一笑，说道，“我发现你已经好半天了，一开始我没敢认，简直连想也没敢想，我还以为自己眼睛看花了，直到你进来打电话，我站在外面观察了好久……”

李壮飞的眼睛变得模糊起来，埋藏在心灵深处多年的记忆，原以为一辈子永远不会有人提起的历历往事，又重新复活了。他的眼前浮动着塞纳河的晚霞，巴黎的风雪；他想起拉丁区那座飘溢着丁香浓郁芬芳的幽静小院，那与自己亲如一家的房东太太和美丽多情的玛格丽特小姐，甚至连那位心直口快、热心肠的杜阿太太，他也记起来了。他回想起在巴黎求学的难忘岁月，这些永远不会从脑海中抹去的记忆，使他的心灵一阵颤抖。他记得如此真切，在巴黎度过的最后一个寒冷的冬天的晚上，他是如何兴致勃勃地向玛格丽特讲起他的人工控制台风的大胆设想——正是从那时起，他将毕生精力致力于这项难度极大的科研项目的研究，为祖国赢得了荣誉。他当然不会忘记他在巴黎的遭遇，玛格丽特小姐是如何冒着危险为他保存了科研资料，又是如何为他的命运暗暗担忧。他此刻仿佛已然置身在离开巴黎的最后时刻，在他登上飞机舷梯的一刹那间，他曾经迟疑地停住脚步，留恋地看了一眼给他送行的玛格丽特小姐和杜阿太太。他不能忘记，那时玛格丽特在失声痛哭，这悲哀的哭声是如此深深触动他的心，而且余音几乎在他耳际萦回了三十多年……

李壮飞嘴唇微微翕张，他恨不能把积蓄在心中三十多年的万般思绪，一股脑地向面前这个和自己同样进入人生暮年的女人和盘托出。然而，他终于什么也没有讲，仅仅是悲哀地垂下眼睛，手也抽了出来。

玛格丽特依然是那样妩媚动人，虽然岁月在她的脸颊同样印下了深深的印痕，但她的音容笑貌，几乎和当年没有两样。她显得十分兴奋，在这个小小的空间里和李壮飞絮絮叨叨谈个不停，她说得很快，几乎是一个间题接着一个问题，使李壮飞几乎没有插嘴的机会。

李壮飞默默地听着，偶尔答上几句，不知是由于电话间的空间有限，还是玛格丽特一个接着一个的香烟，他逐渐感到胸口发闷，头部也突然晕眩起来。

他想推开门，走出去呼吸一下新鲜空气，就在这时，他发现电话间外面站着两个彪形大汉，其中一个用手叩了叩门上的玻璃。

“我们出去吧，让他们……用电话……”李壮飞费力地说道，但他蓦地全身瘫软，顿时失去了知觉……

接下来的情况，李壮飞全无察觉了。他恍惚如在梦里，无法抗拒瞌睡的诱惑，甚至连张嘴的力气都没有了。他唯一的意识是担心自己的心脏病——这种讨厌的慢性病已经折磨了他多年，会不会因为一时激动，老病复发了呢？他从耳边朦朦胧胧的声息中，渐渐判断出车辆沙沙的声音以及车窗外面啸叫的风声和雨声。玛格丽特几次唤他，他也听见了，只是这些声音微弱极了，虚无缥缈，像是从遥远的太空传来的信息。

他恍惚觉得这是在救护车上，玛格丽特正在把他送到医院抢救，车子的颤动他是感觉得到的。他很想睁开眼睛，和玛格丽特讲上几句重要的话，但是眼皮像灌满铅似的，沉重得难受，他又昏过去了。

不知过了多久，他感觉出自己的身体被人抬着，而且像是搬动一块毫无知觉的木头一样，随随便便地扔在很硬的什么地方。

这些人为什么这样粗鲁？他心里暗暗抱怨起来。他分明觉得胳膊和脚踝都有疼痛的感觉，脊背也被什么硌得生疼，但毫无办法，仍像捆住手脚似的不能动弹。

“来了吗？”一个男人沙哑的声音从远处传来，接着响起一阵咚咚的脚步声，很明显是向这边走过来的，李壮飞甚至可以听见粗浊的喘息声。

“轻点，”玛格丽特压低声音说，“他可能会听见……”

“怕什么。”沙哑的声音粗暴地打断玛格丽特，“还怕他飞上天不成？”

李壮飞暗自纳闷，他没有遇见过这么粗暴的医生，也没有见过态度如此恶劣的医院——在他想象中，他现在在一家医院的病房里。

他隐约听见玛格丽特和另外几个人，可能是医生吧，小声嘀咕着，听不清讲了些什么。他想，不外乎是关于他的病情、治疗方案以及诸如此类的话，老一套。

“怎么搞的！他的东西呢，他随身携带的那只箱子……”突然间，沙哑的声音暴跳如雷地吼叫起来。

李壮飞本来迷糊的神经因这强烈的刺激变得亢奋起来，他侧起耳朵，开始有意识地注意他们的谈话。

“我有什么办法，你问问他们吧……”

“他的皮箱一直没有带在他的身边，一直放在他的同伴那里，我们根本没有下手的机会……”另外一个男人的声音道。

“住嘴！我不要听这些解释！”沙哑的声音勃然大怒起来，“你们应该知道那只箱子的重要性，在某种程度上，它甚至比这个老家伙更重要……”

“你轻点好不好！”玛格丽特气恼地嚷了起来，“现在不是追究责任的时候，还是商量一下下一步该怎么办吧。”

沉默一会儿，李壮飞又听见他们在小声嘀咕。这时他的头突然很胀，隐隐约约地一阵抽搐，他又昏迷起来。说话的声音愈来愈弱，像茫茫宇宙里飘忽不定的金属丝似的，愈来愈缥缈了。

不知过了多久，他的耳膜里断断续续飘入一些起伏不定的音节，像蜜蜂的嗡嗡声，又像深山幽谷里的回声，渐渐地，他听真切了。

还是那个沙哑的声音，他像是发号施令地说：“……现在没有别的办法，只好按第二个方案行动。不过你可能要冒些风险。现在岛上的燃料只能维持二十四小时，中心控制室还出了些小故障，全体人员必须撤回去……”

“那我呢，你们不能把我丢下不管……”玛格丽特呜咽着说。

“你放心，我们一定等你。”沙哑的声音不耐烦地说，“你要快，速战速决，天亮以前务必把皮箱弄到手，我们在预定时间前来接应你。”

“可是，我很担心，如果他不到这儿来，那不是白费劲了吗？”

“这你就不用担心了，我自有办法。”沙哑的声音答道，“你马上想法子把那个人的情况，从老家伙的嘴里套出来，越快越好，其余的由我来解决……”

对话的声音愈渐微弱，接着是一阵愈走愈远的脚步声，最后一切都归于沉寂。李壮飞静静地躺着，他的神志依然是浑浑噩噩的。他忘记自己躺在什么地方，也不记得自己是怎么来的，刚才飘入耳际的对话，渐渐像迷雾罩住的山峰一样变得印象模糊起来。他的意识里仅仅记得玛格丽特的形象，他迷迷糊糊地念着这个对他来说是那样亲切的名字。

终于，他听见了轻轻的脚步声，有人走近他的身旁。

“李先生，是你叫我吗？”

“玛格丽特，是你吗？”

“是的，你是不是太疲倦了……”

“这是什么地方，我怎么躺在这儿？”

“这是我的家，你好好休息一下。”

“那刚才是谁说话……”

“没有呀，一个人也没有，也许，你是在做梦吧。这儿只有我一个人，我在陪着你，你放心好了……”

“啊，也许我做梦……梦……梦……”

“喂，李先生，你不是还有个同伴吗？”

“是的，你提醒了我，我的皮箱还在他那里。”李壮飞头脑稍稍清醒了些，记忆开始恢复了。

“他是谁？你怎么把自己的皮箱交给了他？”

“你是说赵鹏？他是我的学生，很早就毕业的学生。”

“他就叫赵鹏？你们在一起工作？”

“不，我们是偶然碰在一起的，好多年不见了……”李壮飞吃力地回答道，“你赶快告诉他，让他到我这儿来，快，快……快……”

说到这里，李壮飞又陷入深度昏迷状态，人事不知了。

这一次，他昏迷了很长时间。就在赵鹏跨进绿岛旅馆不多一会儿，李壮飞方才清醒过来。

也许是他的神经系统特别健全的缘故，他醒得非常突然，不知为什么，他醒来首先想到的是那会儿在巴黎遭人暗算的情形。普吉机场电话间发生的偶遇，他和别了三十多年的玛格丽特的邂逅，使他满腹疑团。世界上难道会有这样的巧遇？他不能理解。而且，他怎么会突然晕倒，人事不知呢？出国之前是检查过身体的，他的心脏病并没有严重到这般地步，怎么会突然失去知觉？当他极力回想他在昏迷时听到的对话时，这些对话是这样诡秘可疑，而且似乎包藏着某种不可告人的秘密，他猛地意识到，也许这是一桩事先布置好的圈套，自己肯定是重蹈历史的覆辙了。

但是，他立即又冒出另外一个截然相反的念头，推翻了刚才的想法。他从感情上无法接受玛格丽特会加害于他的结论。他太了解玛格丽特了。这个纯真可爱的法国姑娘，当年，就是她保护了自己的科研成果，那需要多大的勇气，担负多大的风险啊！不可能，永远不可能，一定是自己胡思乱想。

李壮飞挣扎着坐起来，睁开了眼睛。

他一下子愣然了。他一时想象不出自己是在何方。这是一间长方形的，既没有门也没有一扇窗户的密室，也许说它像一座地下的墓穴更确切一些。室内很亮，柔和的灯光从房顶倾泻下来，但丝毫不能减轻阴森森的感觉。靠墙的几个橱柜敞开着门，里面凌乱不堪；几把椅子乱七八糟地躺在地上。尤其叫李壮飞惊诧的是，他躺了半天的“床”原来是一张长形桌子，地上有很多撕碎的纸屑和空罐头桶之类的东西。显然，这是一间秘密的匪巢，而且匪徒们已经仓皇逃走了。

李壮飞怔怔地发呆了好久。他的信念完全动摇了，他开始怀疑自己对玛格丽特的看法是不是一开始就完全估计错了，也许在巴黎，从搬到玛格丽特家里那天起，他就一步步陷入事先设计好的陷阱，而他自己一直把她当作善良的、正派的、值得信赖的朋友。虽然他不敢相信也不愿承认这是事实，然而，眼前的一切是这样冷酷无情，他无法回避，也找不出另外的、合乎情理的解释。

“怎么办？他们是不是要把我活活闷死？”李壮飞心情顿时紧张起来。他跳下桌子，用手摸着冷冰冰的墙壁，企图找到出入的通道。他沿着四壁走了一圈，奇怪，墙壁完全是用半透明的钢化塑料铸成的整体，严丝合缝，连拐角也休想插进一根小小的绣花针。

他心里直发怵。一种生存的本能促使他发狂般地挪动笨重的桌子和立在墙边的橱柜，全身趴在地上一寸一寸地检查每个可疑的缝隙。可是，毫无结果，他完全白费力气。

他已经被别人放进一个密封的盒子里了。

大滴大滴的汗珠，从他的满头白发里渗了出来，他摘下眼镜，用袖口擦了擦额头的汗水，然后颓丧地坐在墙角的一只有靠背的转椅上。

密室里静得出奇，只有桌上一只座钟，像是有生命的物体般发出清脆均匀的滴答声，李壮飞在转椅上歇息了一会儿，无意中向钟面瞥了一眼。指针刚刚接近深夜两点。他猛然想起匪徒的对话，天亮之前他们要离开此地，好像是回到一个什么岛上。他想起来了，他们说过，是一个什么岛，不过他们又说燃料不足，也许那是一艘船的代号。

“他们绑架我的目的何在？”李壮飞渐渐冷静下来，开始回忆整个事情发生的前前后后，他没有忽略任何一个细节，“对了，他们议论过我的皮箱。”他突然抓住了一个极为重要的线索。

他顺着这个线索再回想起他断断续续的记忆，他从波音999遇到一场奇怪的、可疑的台风，想到自己对这场台风的判断，接着想起玛格丽特向他打听赵鹏的情况，以及他们为没有取到那只皮箱发生的争执……“人工控制台风，不，一场人工控制的台风……”这个念头像闪电一样，把一个惊人的结论推导出来了。

“肯定无疑，他们根据我的原理设计出人工控制台风的装置，这场神秘的台风就是从那个岛上形成的……”李壮飞喃喃自语道，他对这个判断已经确信无疑了。

当李壮飞得出这个结论的时候，这位科学家正直的良心一阵隐隐作痛，像被针刺了似的。

“太可怕了，一旦这个计划实现，人类就要遭殃，这个武器的破坏力比原子弹的威力还要厉害千百倍……”李壮飞心想。他被这个可怕的结论吓得大惊失色。他做梦也没有想到，他付出毕生精力做出的成果，刚刚呱呱坠地，就被好战分子作为一种毁灭人类的气象武器，摆开阵势要和人类较量了。

他愈想愈怕，像掉进冰窟里似的浑身一阵发冷。个人的生死荣辱他早已置之度外，但他为自己一生的心血落到如此可悲的下场而痛心疾首。他悲愤地从转椅上站起来，可是不知怎么回事，他的双腿麻木了，身体摇摇晃晃站立不住了，接着一下子倒了下来。

李壮飞以为自己这一次真的是心脏病发作了，他几乎不能支配自己，但是还是勉强用右手抓住靠椅的靠背，不过身体仍然慢慢地朝下滑，他的手一点儿力气也没有了。

“完了，我老了，这一辈子大概就此完结了……”他的背接触到冷冰冰的地板时，脑子里仍在想。

可是，出乎意料，死神并没有立即收拾他的意思。他不过是一时悲愤，加上心情焦虑，暂时昏倒而已。当他平躺下来，肢体又可以动弹，头脑也逐渐清醒了。

他仰面朝天地躺着，眼睛仰望着房顶，幸好，眼镜没摔碎。他抬起右手扶正眼镜，目光刚好接触转椅的底部——这个部位在他刚才一阵旋风般的检查中漏掉了，他当然也没有想到还要检查这只椅子的底下。不过，这时候转椅底下的奇怪构造倒是引起了他的注意。他发现椅子的坐垫下面，有一个凸出的金属箱子，似乎是临时安上去的，颜色、质料都极不协调。

这个意外的发现，引起了他的注意。过了片刻，李壮飞抓着转椅挣扎而起，他双手攥住椅子扶手，用力把椅子推过来。可是奇怪，椅子像是固定在地板上一样纹丝不动。“是不是我的手一点儿力气都没有了？”他想，他又试了试，这一次是把整个身体的力气都用上了，他呼哧呼哧地直喘，转椅依旧牢牢地一动不动。他沮气了，恼怒地放弃了这个尝试。就在他松开手的一刹那，转椅由于惯性的作用，自动地旋转起来。这时，他的眼睛忽然被一个新奇的现象吸引住，他发现随着转椅的旋转上升，连接椅子腿的一块圆形的地板也同时逐渐抬高，起先他并不在意，可是当他有意识地使劲转动椅子时，地板也移动得更快，不一会儿，圆形的地板连同上面的转椅和整个地板完全分离了……

转椅咕咚一声连“根”拔起，沉重地倒了下来，就在这时，李壮飞惊叫一声，高兴得喘不过气来，他苍白得毫无血色的脸上露出欣喜的笑容。

在他面前，转椅挪开的地方，是一个仅容一人出入的洞口——密室的秘密通道就在这里。

他得救了。

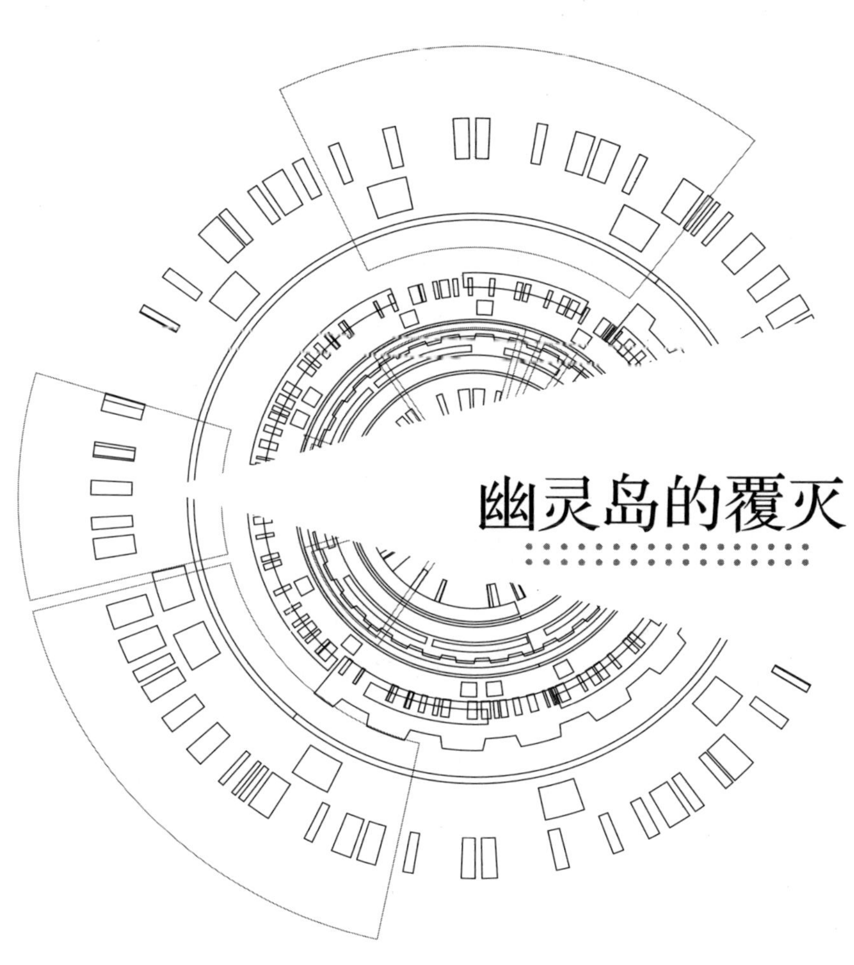

幽灵岛的覆灭

一连串的问号出现在赵鹏脑子里。

起先，他以为李壮飞肯定关在绿岛旅馆里面，说不定就在某一层的哪间房里。可是当他尾随着女间谍，还有警察局长和巴莫春篷少校走出旅馆大门时，他发现自己的估计错了。

这座古堡似的高大建筑确实像巴莫春篷说的那样被包围得水泄不通了，不时可以碰到神色紧张的安保人员跑上跑下。旅馆门外，在树影憧憧的花坛和草坪附近，十几辆摩托严阵以待，闪动着黑黝黝的金属光泽，颇有一点如临大敌的紧张气氛。走出大门，女间谍回头向他们示意了一下，随后贴着建筑物的高墙，一直绕到这座古堡冷寂的后院。

赵鹏嘴里没有说，心里直嘀咕，他担心女间谍又在耍什么花招。经过这一夜的折腾，说老实话，他对任何人、任何事都怀疑三分了。夜色深沉，分不清东南西北，五步以外的景物只能看出一点儿模模糊糊的轮廓。幸好巴莫春篷带了只手电筒，凭借一线光亮，赵鹏发现前面不远就是濒临大海的陡崖，几棵孤零零的小树长在裸露的巨石缝隙里，脚下是茂密的杂草和一些风化的岩石碎屑，距离陡崖不远，一阵阵海浪拍岸的声音清晰可闻。

也许巴莫春篷也产生了同样的疑问，他站住脚，用电筒朝女间谍的眼前晃了晃。

“喂，你把我们带到哪里去？”

“就在前边，快到了……”女间谍淡漠地答了一句。

他们只好硬着头皮，继续跟在女间谍的后面，朝黑暗中走去。这时，脚底下已没有路了，他们在湿漉漉的乱草窝里深一脚浅一脚地走着，不时还要双手着地，顺着陡峭的山坡朝下滑。很显然，他们现在正往山脚下走，这时赵鹏心里突然产生了不祥的预感，女间谍把他们带到这样荒僻的地方，会不会李壮飞已经……

他不敢再往下想，就在这时，好像回答他的疑问一样，女间谍的嘴里终于说出一声“到了”。

巴莫春篷用手电筒朝四下里照了照，面前是草莽丛生的山坡，到处是嶙峋的巨石，和这一带的巉岩没有两样。女间谍不等众人开口，对巴莫春篷说道：“喂，往这儿照一照。”

众人应声朝前走了几步，在女间谍的脚下有几块大石头，当电筒射出的光柱朝石头附近照去时，几乎同时，他们异口同声地喊了起来：“洞口！”

这的确是一个很隐蔽的洞口，如果不注意观察是很难发现的。洞口的石头已经被人拿开，有几块石头显然是顺着山坡滚下去的，可以清晰地看见石头压过的痕迹。

当赵鹏知道李壮飞是被这一伙匪徒关押在这样的地方时，一腔悲愤的热血顿时涌上了太阳穴，他见女间谍在洞口徘徊不前，不禁气急败坏地朝她嚷了起来：“喂，快进去呀，你还等什么！”

“我……”女间谍回过头来，黑暗中看不清她的面部表情，但她的声调却饱含着某种不安，“好像……洞口的石头被人移动了……”

“你说什么？！”一直没有开口的警察局长按捺不住地吼起来。

来不及争论了，情况显然比他们之中任何一个想象的都要复杂。巴莫

春篷暴躁地推搡着女间谍，让她在前面带路，接着他们鱼贯钻进这个狭窄的仅容一人的洞口。

赵鹏是最后一个进洞的。当他尾随在后面暗中摸索了一会儿时，突然，灯光唰地亮了，刺眼的亮光使他不得不把眼睛闭上，等他睁开眼睛时，发现这里是一个天然形成的海蚀洞穴，后来由于地壳的上升已经远远离开了海平面。这种洞穴在海边是经常可以见到的。不过眼前这种洞穴却有些不同，当初海水侵蚀的痕迹几乎不复存在，四周的岩壁上喷涂了一层防潮的塑料漆，用手摸摸，很是光滑。而且不多远就有一座照明灯镶嵌在岩壁上，使整个洞穴充满幽幽的光泽。

众人屏声敛息地穿过一条迂回曲折的通道，也许是这座秘密洞穴使他们暗暗吃惊，或者是心情紧张到了极点，一路上谁也不想开口。过了一会儿，洞穴变得狭窄起来，两旁的岩壁逐渐逼近，似乎是走到洞穴的尽头，就在这山穷水尽的当儿，前面出现一条更加狭窄的道，像阶梯一样向上伸展。

赵鹏瞥见有一线灯光从阶梯上方射下来，他正在满腹狐疑，走在前面的女间谍突然站住，大惊失色地叫嚷道："糟了，他不在了！"还没等众人反应过来，女间谍一个箭步冲上去。接着，被惊恐情绪感染的警官以及赵鹏也不约而同地尾随上去。

他们顺序从另一个圆形的洞口钻进去。当他们来到另一个洞中之洞时，呈现在他们面前的，就是囚禁李壮飞的那间密封的房间，而他们要寻找的李壮飞，却不见踪影了。

"人呢？"气急败坏的警察局长像热锅上的蚂蚁焦躁地来回踱步。他走到女间谍的面前站住，气势汹汹地问："你说呀，李壮飞在哪儿？"

女间谍的脸色这时像白纸一样，她呆呆地望着翻倒在地的转椅，又望望横眉怒视的警官和赵鹏，突然，她哭丧着脸，呜咽着说："请你们相信我，我一句谎话也没有说。李壮飞原来是在这儿的……”

“是在这儿，是在这儿……”警察局长粗暴地打断她，学着她的腔调讥讽地说，“可是人呢？人呢？”

“我不知道。”女间谍无可奈何地耸耸肩，双手一摊，说，“他跑了，他发现了这个秘密出口，就从这儿跑走了，而且他还从储藏室里把摩托艇弄走了……”

“胡说，这个秘密出口是那样容易发现吗？你们有什么根据证明不是你们一伙人把他弄走的呢？”巴莫春篷质问道。

“你不用再骗我们了，李壮飞到底在哪儿？”赵鹏也急了，补充了一句。

“我警告你，如果你想活命的话，你就老实地把情况说出来，要不然，我……”警察局长怒不可遏地吼叫起来。

但是，在一阵暴雨般的质问之后，女间谍并未改口，依然坚持她的看法。她指着倒在地下的转椅：“你们看嘛，椅子是从里面旋转开的……”

“可是，从外面就不能打开吗，那你是怎么关上的呢？”巴莫春篷马上反问道。

“你问得有道理，从外面当然可以打开或者关上，可是这个秘密洞口只有一把钥匙，而这把钥匙在这里。”女间谍说罢，从脖子上取下来一挂钥匙。警察局长和巴莫春篷对视了一眼，他们对女间谍的话仍然半信半疑。

就在这时，女间谍弯下腰，摆弄着那只躺在地上的转椅，突然她失声地叫了起来：

“他……他把定时炸弹取走了！”

“什么？！”他们三人被女间谍的叫声吓了一跳，一起围拢过来。

女间谍意识到自己犯了一个不可饶恕的错误，无意中把最核心的机密泄露了，可是她已无法收回。在警官们的一再追问下，她只得如实供认，他们原来计划让李壮飞和这个洞穴同归于尽，所以撤退之前，在转椅底下安置了一枚烈性定时炸弹。当然，她在招供时没有忘记尽量洗刷自己，而把一切阴谋策划的罪责推给她的同伙。

“他们认为，李壮飞这个人肯定是不会为我们服务的，他们对他的情况了如指掌，所以，他们的目标是夺取他的成果，同时在肉体上把他消灭。这样一来，他的研究成果，我们就可以垄断，不会有人和我们竞争了……”女间谍吞吞吐吐地说，“但是，没有想到，他发现了这枚定时炸弹，而且把它卸掉了……”众人都被这个意外的情况惊得目瞪口呆，面面相觑，半天没有说话。

“这……这都是他们……他们干的，我并不知道……”女间谍喃喃地说。

“那么，你知不知道，定时炸弹什么时候爆炸？”巴莫春篷少校突然清醒过来，急忙问道。

这句话提醒了警察局长，他条件反射地从椅子上跳起来。“几点？”他问。

“六点一刻。”女间谍毫不迟疑地回答。

几乎同时，他们三人一起把目光转向桌上的座钟：五点三刻，还有半个小时。

就在这时，赵鹏像发现什么似的，猛地朝靠墙的那只桌子奔去，他抓起那只滴答作响的座钟，兴奋地叫了起来。

“瞧，这儿有封信——”

他没有说错，座钟下面压着一封信，确切地说，这是用一张废纸潦潦草草写的便条。当赵鹏的目光在这封信上看了一眼时，他的心情顿时沉重起来，脸色变得死灰一般。

“谁的信？”巴莫春篷见赵鹏脸色突变，奇怪地问。

赵鹏用低微的声音答道：“李壮飞——”接着念道：

“我以必死的信念决心去摧毁罪恶的‘幽灵岛’，它就是袭击普吉的这场台风的根源，这场台风是人工制造的。我在这最后的时刻，内心万分沉重，因为幽灵岛的人工控制台风装置是根据我的理论设计的，我的本意是人工控制台风，但现实嘲弄了我，使我的成果变成与人类为敌的气象武器。我后悔莫及，只有用我的手去扼杀我自己孕育的怪胎，我不知道我能否达到自己的目的，但我别无选择。李壮飞。”

一切疑团都冰释了，原来是这样的幽灵岛！赵鹏心里像洒满一把盐似的很不是滋味。北太平洋深海考察时多次出现又蓦然消失不见的不明物体，普吉海湾深夜出现的那个环状的庞然大物，这些一直是他困惑不解的现象，原来是这样欺骗了这个海岛专家。然而，此刻他没有心思想这些，李壮飞的信，他的老师危在旦夕的命运，像火一样炙烤着他的心。“怎么办？有没有什么挽救的办法？”赵鹏痛苦地问道。

警察局长和巴莫春篷的眉头都皱成一团，他们一时也没有主意了。

“喂，你说呢？”巴莫春篷焦急地望着待在一旁的女间谍，“李壮飞怎么会找到幽灵岛呢？那个家伙不是在海底下吗？”

女间谍的身体哆嗦了一下，嘴唇嚅动着，似乎有难言之隐。她迟疑了一会儿，终于说道：“他会找到的……”她看了一下表，接着说道，“晚了，已经来不及了，只剩下最后一刻钟……”

听到这样的回答，一直沉默不语的警察局长像皮球一样从椅子上弹了起来。

“快，别耽误时间了！”他不耐烦地挥了一下手，头一个钻进洞口。

几分钟以后，四个漆黑的人影从陡崖的秘密洞口钻出来了。

这时，天蒙蒙亮了。夜雾渐渐消散，一团团飘忽不定的浓烟像袅袅炊烟，从台风过后的绿色山谷里升腾而起，然后向四周扩散开来。赵鹏还是第一次看见普吉海滨美丽如画的景色，但是此刻他没有兴致，也没有想到去观赏风景，他贪婪地吸了几口新鲜空气，接着便拼命向前跑去。

四个人当中，跑在最前面的是女间谍，此刻她的心情是复杂的，充满了绝望、恐惧和不安。李壮飞离开了关押他的洞穴，使她预感到一种对自身性命的威胁。她清楚地估计到，万一李壮飞惨遭不幸（这种可能性是非常大的），那么可想而知，警方是绝不会轻易饶恕她的。也许正是因为这种利己的考虑，她此刻希望李壮飞还活着，希望快一点儿找到他的下落。

赵鹏紧跟在女间谍后面，和她始终保持一米左右的距离。如果不是他手里还拎着一只累赘的箱子，他肯定可以跑得更快。他这时已经完全没有其他想法，一心只希望时间过慢一些，以便抢在那枚烈性定时炸弹爆炸之前。

那两位警官心情却极为懊丧，他们比谁都清楚，十五分钟，时间太短促了，何况他们到现在仍不清楚李壮飞的具体下落。他们甚至预感到在这一场智力的角逐中，他们的失败已经成为不可挽回的定局了。但是他们此刻别无选择，不管是死是活，总要搞清楚李壮飞的下落，哪怕是发现一具尸体也行，否则他们无法交代。因此，他们都气喘吁吁地跟在后面不停地跑着，同时把枪口对准前面的女间谍，说老实话，他们生怕这个唯一的猎物从手边溜掉了。

在绿岛旅馆里里外外白等了一夜的安保人员，全都被这场角逐吸引住了。他们不知道发生什么事，但是又没有接到任何命令，只好一个个呆呆地站在那里，像看热闹一样观看这场别有风趣的“越野比赛”。

他们四人从后面的陡崖攀爬下来，继而沿着海边的一条晨光熹微的林荫道向前飞奔，过不多久，他们跃上一块浑圆的高地，当他们上气不接下气，穿过草莽丛生的山坡，登上高地的顶巅时，晨雾弥漫的普吉海湾，一览无余地展现在他们眼前了。

脚下再也没有路了，高地的另一边，濒临着一道布满黑黝黝礁石的海滩，这里是普吉海滨的尽头，再过去，尽是陡峭的岩岸，游人很少到这儿来的。

他们四人刚刚登上高地的顶巅，一幕惊人的场面把他们吓住了。

在距离约莫一公里远的海上，突然像海底火山喷发似的，升起了无数的、十几米高的水柱，接着浓烟和火舌从海面飞腾起来，一瞬间大海像汽油似的燃烧了，在他们面前形成一片壮观的火海。正当他们惊魂未定时，一阵猛烈异常的旋风带着尖厉的呼叫从海上向陆地扑来，他们见势不妙，急忙就地卧倒，一个个把脑袋埋在草堆里。刹那间，大地颤抖，海浪冲天，一声霹雳似的爆炸声，在他们的耳际轰然爆发了……

这种可怕的情景足足持续了五分钟。

“完了，李教授他……”四个人当中首先开口的是赵鹏。他踉踉跄跄地站起来，一双失神的眼睛凝望着火光渐渐熄灭的海面。他的心情难过极了。

脸色铁青的警察局长爬起来，两眼迸射出一团火，转身对女间谍吼道：“完全是圈套，你把我们骗了！”

女间谍神色颓唐地坐在地上，抓起一把草在手里搓揉着，她好像很委屈，眼泪汪汪地一声不吭，似乎打算忍受所有的人对她的责难。

巴莫春篷默默地走到一旁，向渐渐平复下来的大海瞧了一会儿，接着他转过身来，对警察局长说：“我们走吧，没有什么希望了……”

警察局长依然余怒未息，在这场紧张的搏斗中，他没有想到在最关键的一步棋上，自己失算了。在这场时间紧迫、头绪纷繁的角逐中，他几乎

动用了普吉市全部的安保部队，自己也亲自出马；他严密封锁机场，不许任何飞机出入；他将计就计，故意把赵鹏安排在绿岛旅馆住宿，给敌人造成假象……他一时想不起自己十分周密的计划在哪一个环节出了毛病，导致了如此惨败的结局。听见巴莫春篷的动议，他像败下阵的将军，把满腹怨气向女间谍身上发泄出来。

“我决不饶你！”他上前一把拖起女间谍的胳膊，像抓小鸡似的，怒气冲冲地嚷道。

天色亮了，鱼肚白的曙色使眼前的海滩和岩石的轮廓愈来愈清晰了，就在他们起身离开高地，向山脚走去时，站在原地一动不动的赵鹏突然大惊小怪地嚷嚷起来：“喂，你们瞧，那是什么？”他喊道，手臂向海那边指指画画。

巴莫春篷赶忙跑了过去：“在哪儿？”

“你瞧，那不是吗！”赵鹏苍白的脸上由于兴奋泛出一道红晕，他眯缝着眼睛，指着海水中忽沉忽浮的一个很小的、模糊的黑点。

警察局长并不在意，他站在原地向巴莫春篷问道：“怎么回事？”

这时候，巴莫春篷只恨自己忘记把望远镜带在身边，他睁大眼睛顺着赵鹏手指的方向望去，无奈距离太远，一时还难以分辨。

“好像是……”他咕哝着，不知如何回答局长的询问。

可是，赵鹏的视力却分明看出那个黑点是一个人，一个在海中挣扎的人。他再仔细地看了几秒钟，发现那人的处境非常危险，身体一阵阵往下沉，几乎来不及思索，他连忙把手中的皮箱塞给巴莫春篷，一个箭步就从山坡上滚了下去。

“赵教授——”巴莫春篷一惊，伸手要拦住赵鹏，但已经晚了，只见赵鹏像一块石头一样顺着山坡滚下去，幸好，山坡长满稠密的草丛，他顺势而下，跌落在下面的沙滩时，被几株小树挡住，没有撞上前面不远处的一块犬牙交错的礁石。当警察局长押着女间谍返回山下，赵鹏已经利索地脱去外衣，冲进浪花飞溅的海里。接着，他像一条梭鱼，划开了温暖的海波，迅速朝远方的黑点奋力游去……警察局长的情绪由于新的情况变得亢奋起来，他掏出随身携带的步话机接连下了几道命令，先是通知海上安保部队，命令他们火速派一艘巡逻艇前来营救，接着通知包围绿岛旅馆的警察中队："快，救护车，医生，马上到我这儿来！"

不到二十分钟，一艘雪白的轻便摩托艇劈开翻腾的浪花，向警察局长他们站立的海滩开了过来，摩托艇刚停住，浑身水淋淋的赵鹏抱着一个昏迷的老人，跳下摩托艇，蹚着齐膝深的海水踉跄地走了过来。

"快，快送医院……"赵鹏急切地说，他的脸色苍白，连说话都有些吃力。

警察局长和巴莫春篷以及闻讯赶来的警察围了上去。"他是谁？"警察局长问。

"李……李壮飞……教授……"赵鹏费了很大的劲才勉强说出这几个字，但是，这已经足够了，警察局长和巴莫春篷对视一眼，立即用洪亮的声音对着步话机吼道："快！快……"

人们从警察局长的声音中已经猜测出这场战局的分晓了。

这时，天已经大亮了。火红的一轮旭日从云彩的缝隙中射出万道霞光，在辽阔的海面，在高地的绿色山坡，在双目紧闭的李壮飞瘦小的脸颊上，涂上一层美丽的玫瑰色的光辉。

远处，救护车尖厉的叫声愈来愈近……

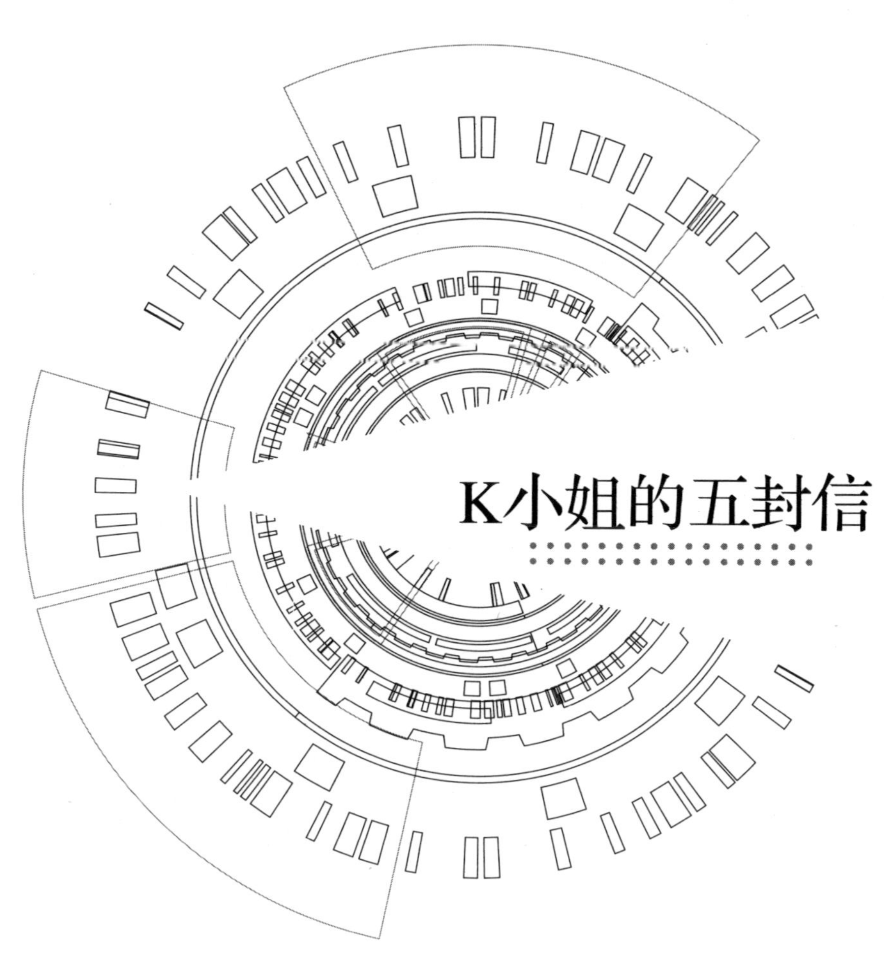

K小姐的五封信

医院里的气氛，总是那样静穆，静得使人隐隐不安。赵鹏和巴莫春篷心绪不宁地待在洁净的休息室，足足等了四十多分钟，终于看见那位两鬓斑白的主治医生从急救室推门而出。

“大夫，他……他的情况怎么样？”赵鹏从椅子上站起来，迎上前去问道。

“你是……”老大夫摘下口罩，朝赵鹏瞧了一眼。

巴莫春篷连忙上前把赵鹏的身份告诉他。

“那好极了。”老大夫表情冷淡地点点下颚，然后对他俩说：“放心好了，这位病人已经没有什么事了。只是他的体质很差，精神上受了很大的刺激，加上在海里泡了很久，现在还很虚弱，需要好好地休息休息。我们已经用电催眠让他睡觉了，如果醒过来之后没有别的异常情况，他就可以出院。”

赵鹏心里一块石头落了地。“那太感谢您了。”他发自内心地对老大夫说。

“没有什么，这是应该的。”老医生礼貌地答道，“不过，既然赵先生是和这位病人一道的，有个情况还是要和你讲一下。”他顿了一下，从白大褂的口袋里掏出一只塑料防水袋，“这是病人刚才清醒过来以后让我们转交给警方的，他说这是一份极其重要的材料，我当然不知道里面是些什么东西，不过从他的神态和说话的口气，”他转脸对着巴莫春篷说，“也许对你们有用。”说罢，他把那只鼓鼓囊囊的塑料袋子交给巴莫春篷。

“他没有说别的什么吗？”警官问。

“你听我说嘛，”老大夫皱了一下眉头，做了一个不耐烦的手势，“我之所以说这位病人精神上可能受了很大刺激，是因为除了脑电图测试的结果外，他在昏迷状态一直在说胡话，好像老在念叨一个人的名字……”说到这里，老大夫用指头下意识地敲敲头，“对了，他不断重复喊着什么玛格丽特，大概是个女人的名字……”

赵鹏和巴莫春篷对视一眼。

“这还不算，”老大夫继续说，“这个袋子，他是牢牢地用绳子捆在皮带上的，我们给他脱衣服时，并没有十分注意。他醒过来就问这只袋子，好像是什么了不得的宝贝。护士把塑料袋子交给他时，他显得很兴奋，要求我们马上转交安保部门。他还要我们带一个口信，这一点我始终没听懂他的意思，我想也许是他的精神有些毛病的缘故。他的原话是这样讲的：‘请告诉他们，活着的玛格丽特并不是玛格丽特，不过玛格丽特的下落只有通过活着的玛格丽特才能找到，所以要千方百计保护玛格丽特……’我问了好几遍，他都是这样重复的，不知道是什么意思……”

“活着的玛格丽特并不是玛格丽特……”赵鹏把这句拗口的话默念了一遍。

“他说要千方百计保护玛格丽特？”巴莫春篷的眉毛一扬，问道。

“一点儿不错。”老大夫用肯定的口气答道。

离开医院，巴莫春篷和赵鹏立即驱车回到市中心的警察局，李壮飞带回的防水塑料袋马上被送进化验室。十多分钟后，巴莫春篷兴冲冲地来到赵鹏临时休息的房间，手里拿着一叠厚厚的卷宗。

“一切都水落石出了。”一进门，巴莫春篷兴高采烈地说：“你简直想象不到，塑料袋里装的是那个女间谍写的情书，共有五封……”

“情书？！”赵鹏一骨碌从沙发床上翻身坐起，从巴莫春篷手里接过卷宗夹子，他心里暗暗纳闷，“情书？情书怎么会跑到李教授手里去了呢？”

他默默地打开卷宗夹子，里面是计算机处理过的信件副本，译成了泰文、中文和英文。他从中取出一叠中文的副本，浏览了一眼。

“你先看吧，”巴莫春篷说，“这五封信对我们了解整个事件的内幕很有帮助，而且写得很有人情味，怪不得李壮飞教授要我们千方百计保护女间谍。”

“既然是写给她的情人的信件，为什么没有寄出去呢？”赵鹏用手拍拍卷宗夹子，又问。

“你看完这些信就会明白的……”巴莫春篷答道，正待往下讲，这时，有人通知他，局长请他过去一趟。

巴莫春篷离开后，赵鹏开始阅读这些信，内容不过是些男女之间的谈情说爱，涉及他人的私生活，但是等他连着看了第二封、第三封……立即被情书中透露的内幕情况吸引住了。他这时才明白，李壮飞郑重其事地把信件保存下来，而且一再嘱咐要妥善交给安保部门的原因。

在赵鹏的眼前，出现了一幅陌生的、似乎属于另一个世界的画面。

第一封信

亲爱的莎米特：

请原谅我不得不和你不辞而别了。很快，大概三五天，我就要离开祖国，被派往目前我还一无所知的地方，也许是干旱炎热、靠近使人生畏的撒哈拉沙漠的某个非洲国家，也许是潮湿多雨、富有东方情调的东南亚的某个政局动荡的岛国，当然或许还要更远，在我们星球的西半部，在安第斯山巍峨的雪峰绵延伸展的拉丁美洲的某个偏远的城市……这，并不是全无根据的胡思乱想，因为最近半年突然给我加了法语进修课，派了专门的教官，要我白天黑夜地学习口语。我承认我在语言方面是非常低能的，不用说这巴尔扎克和拿破仑使用过的美妙动听的语言，我连自己祖国的语言，直到现在还改不掉草原的牧羊人那特有的浊音。有什么办法呢，人们并不因为你讨厌某种东西而让你有所选择，除了吃饭睡觉必不可少的时间，我每天至少要花十六个小时啃那些难懂的句子和文法。我简直想不通，与其这样，当初入学时让我选修法语不是更好、更简便吗？何必现在这样受罪，像小学生一样从一个个字母开始呢？

唉，不谈这些，还是谈些高兴的事吧。

我们的分派方案已经在上周公布，你知道是什么地方吗？对外商业部！同班的姑娘都有些嫉妒，可是我并不像人们想象的那么高兴，谁知道到底具体干什么工作，而且究竟会分到什么地方呢？别人什么也不告诉我，我也无从打听。等着吧，反正快有个结果了。

莎米特，亲爱的：这些日子，我烦恼极了，说不清是什么缘故，我常常像老太婆一样沉湎于往事的回忆。黄昏的时候，或者夜深人静时，我沿着暮色四合的湖畔，在校园最僻静的那条树叶沙沙作响的林荫道上徘徊，我茫然地看着红日坠落在山林后面，又看着月光寂静地洒在冷清清的湖中。每当这时，无限惆怅的寂寞之感从我的心中油然而生，我的思绪便飞跃了时间和空间，回到我们在一起度过的那一段令人难以忘怀的时光。还记得吗？中学毕业那年——想起来好像很遥远似的，在林中空地举行的篝火晚会，那是一个多么迷人的晚上，天空缀满了宝石般的闪烁的星辰，凉爽的风掠过林梢，轻轻地拂动着跳动的火舌。不记得是谁，也许是那个满脸雀斑的、外号叫“小田鼠”的瓦夏吧，对，是他拉起了轻快动听的手风琴。我俩一块儿表演了男女声二重唱，我记得，你的眼里闪烁着幸福、热情的光芒，我们唱了一支又一支歌儿，后来你又邀我跳华尔兹舞。你大概不知道吧，我们班那些姑娘们眼里都快冒出火来，她们简直嫉妒死了，真可笑。当然，欢乐总是暂时的，人生往往是这样不能事事如意。在那之后不久，离别的痛苦把我的心揉碎了。我永远忘不了动身离开的那天，那是一个多么阴沉寒冷的日子啊，好像上帝也不忍心我们分离似的，从清晨就开始淅淅沥沥下个不停的绵绵秋雨，到了傍晚已经变成白茫茫的雨幕了，到处是一片泥泞。我多么担心你不会来了，可是你还是冒着大雨给我送行，而且一直把我送到车站的月台。你当时的神色非常悲哀，一路上一直没有开口，但你的痛苦，你难过的心情，我是理解的。我知道你是为了分担家里的重担，为了你那多病的善良的老母亲，放弃了继续求学的打算。其实谁不知道，你的成绩完全可以考上第一流的大学。当然，你的悲哀也可能另有原因，但你没有告诉我，不过，在我最后不得不向你说声“再见”时，你却悲哀地摇摇头，勉强地苦笑了一下，你说：“但愿如此，祝你前程远大……”你没有再说下去，但你的担心，我多少还是能够猜出来的啊……

也许你的预感多少是有些道理的，从那以后，我们海角天涯，再也没有机会见面，而且这两年，自从我被选送到这个特种专业训练班以后，我连一封信也没有写过。你一定会抱怨我冷酷无情，说我把我们的友谊忘得一干二净了。其实，相信我吧，我也是有难言的痛苦——他们是连私人的信件也不放过，检查通过才允许寄出的，我不愿意，也不想让另外一个人干预我剩下的这一点点可怜的自由。

莎米特，我亲爱的：这种囚徒般的生活快要结束了，想到这些，漫长的五年所经受的痛苦和烦恼，我都可以不去计较了。我希望这一切快快到来，从此还我自由，我要过一个真正的人的生活，像鸟儿一样飞回辽阔的草原，回到你的身旁，向你倾诉这些年我的苦闷和忧伤，我相信，你会原谅我的，因为——我永远是属于你的。

你的K

第二封信

莎米特，我亲爱的：

我明明知道这封信就像可怜的万卡写给他那乡下的爷爷的信，永远不会到达它的收信人手里，甚至不可能放进邮筒，可我还是忍不住要给你写。现在，我唯一的消遣，或者说在我的生活里还有一点点乐趣的话，就只剩下给你写信了。也许这是欺骗自己、安抚灵魂的一种麻醉剂吧，但我也不想去多考虑这些。我仅仅希望有这样一天，不管这会是多久以后，也不管生活出现了怎样令人难堪的窘境，甚至我已经离开人间，我希望这一封封无法投递的信能够到你的面前，不说是表明自己的心迹吧，至少，也可以使你不至于误解……

我应该记下这个时刻发生的事情，因为我的命运是从这一天开始新的转折的。我记得非常清楚，在我写完头一封信的时候，正在封这封信，维克多尔上尉——他是我们的教官，一个令人讨厌的伪君子——连门也不敲，推门而入。见我写信，他劈手就夺了过去，向信封瞥了一眼。

“啊，写情书……”他皮笑肉不笑地说。

我急了，跳起来从他手里把信夺回，气急败坏地顶撞了一句：“你管不着！”

他“嘿嘿”地佯笑，见我扭头不理，自知没趣，马上换了一副面孔，冷冰冰地说：“好吧，现在我正式通知你，马上接受任务。再过两小时有车子来接你，你乘直达巴黎的1473航班，下飞机以后有人在机场接你。”说完，他把飞机票和出国护照放在桌子上，依然面无表情地说：“行动保密，不准告诉任何人！”

“巴黎？！”我的心怦怦直跳，不知所措地说，“我还什么都没有准备，而且……”

“准备什么？”他打断我的话，道，“多美的差事，别人做梦想也想不到。别忘了，这都是我给你活动来的……”他顿了一下，斜着眼睛瞧着我，又说，“你的任务很简单，就是熟悉巴黎，要在最短的时间变成地地道道的巴黎女郎，其余的自由安排，你就不用管了。”

维克多尔临出门时又回头瞥了一眼我手里的信，脸色阴沉地说：“不准写信，这是纪律，你的行动属于最高级机密，听见没有？”

我的命运就这样决定下来了。你想象不出，我现在变成了怎样的人。即使我们在街头相遇，肯定你也不会认出我的。你印象中那个光着脚丫子，在村边的池塘里赶着一群白鹅的姑娘已经不复存在了，在这个灯红酒绿的巴黎，我时而打扮成雍容华贵的巴黎小姐，混迹在歌剧院最豪华的包厢，或者社会名流的沙龙；时而装成风流妖艳的巴黎女郎，在街头巷尾招摇过市。他们给我的工作并不难：熟悉这个欧洲最豪华的大都会，熟悉这里的风土人情，了解它的过去和现在。不过，我始终不明白这样做的目的何在，我想，总不至于让我来撰写一部《法国风俗史》之类的书籍吧。

上星期，我在凡尔赛的一个不引人注目的博物馆见到了阔别多日的维克多尔，这个面目可憎的家伙好像注定要领导我一辈子似的，他又成了我的顶头上司。当然，他已改名换姓，连他那副尊容也经过整形术的巧妙修饰，变得连我几乎也认不出了。

我们装作参观博物馆的游人，在那些青铜雕像和放着古代骑士的甲胄、刀剑的玻璃柜之间漫步，开始我们寒暄了几句，看周围没有人注意时，我们走到一个偏僻的角落。

维克多尔把一包东西交给我，说道：“半个月以后你离开巴黎到泰国的曼谷去，我们的人已经在普吉市的绿岛旅馆给你包了一套房间，有关情况这里面都有，回去以后你好好看一看。”

他边走边说：“下一步，你的任务是跟绿岛旅馆的女经理交上朋友，她是个法国侨民，很有钱，名叫玛格丽特。你必须千方百计地接近她，赢得她的好感，你的公开身份是养病的法国小姐，知道吗？”

“就是这些吗？”我问，这个任务看来并不困难。

“对，你要熟悉她，了解她的全部经历，而且要把她的话一

字不漏地录下来……”

“这怎么可能啊？难道——”

“有办法的。”他诡异地眯眯眼睛，从怀里掏出一只异常精致的首饰盒子放在我手里，我打开一看，里面并没有首饰，而是一枚普普通通的假牙。

他见我疑惑不解的样子，便压低声音说：“这是最新的超微型录音机……今晚八点，你找一下杰克逊医生，他会帮助你的。”

杰克逊医生是个什么家伙，我是知道的，经他的手治死的人起码要比救活的人多十倍。

“干什么找他？”我惊愕地瞧着首饰盒，不由得捂住了嘴，我已经猜出维克多尔的鬼花招。

这时有几个参观的人朝我们这边走来，维克多尔故意挽起我的胳膊，向博物馆的大门走去。“小姐，你的牙齿已经蛀空了，赶快镶牙吧，要不然你会很痛苦的！”他恶狠狠地说。

我气恼地甩开他的胳膊，这头冷酷的野兽。

莎米特，我亲爱的：这天晚上我哭了，整整哭了一夜，当我眼睁睁望着雪白的牙齿，被杰克逊用钳子像拔草似的拔了出来，弄得我满嘴是血时，我的心像撕碎一样痛苦到了极点。请不要误会我是因为受不了拔牙的痛苦，这其实并没有什么，我的内心深处的痛苦却是无法忍受的。我看了维克多尔给我的那一包东西，都是有关那个法国女人的照片和她的档案。看到这些，我的信念第一次产生了动摇，我的良心像挨了鞭子抽打一样疼痛万分。我朦胧地意识到，自己被别人推进了可怕的陷阱。尽管在这以前我也曾闪过这样的念头，但那时候我总是把这一切视作祖国的需要，我不愿意细想，像一台没有知觉的机器，驯服地执行别人的安排，我甚至以为这是一种美德，是一个忠诚于祖国的青年应该做的。可是这一次，我却不能不扪心自问：难道这一切真的是为了我那可爱的祖国吗？

可是，谁能够回答我，解开我心中的疑团呢？我只能像以往历次使用的自欺欺人的办法，什么也不去想。我尽量安慰自己，我是清白的，我绝没有做对不起良心的事情，至于别的，我实在不敢再多想下去了。

啊，我亲爱的莎米特，这样下去，也许我会发疯的……

（此信到此中止，似未写完）

第三封信

我亲爱的莎米特：

你想象不到这些日子我是多么愉快！

这是一年多来，自从离开祖国以后，我心情最安详、最无虑的日子。在这个风光绮丽的泰国海滨城市，我仿佛回到故乡的海边，这里，海水像蓝宝石一样晶莹可爱，连天空也像镜子一样一尘不染。这里听不到巴黎的嘈杂喧嚣，终日是轻柔的海风和催人入睡的海浪的哗哗声，在如此恬静的大自然怀抱里，我觉得连自己也变得纯洁和高尚起来。当然，最令人高兴的还不仅仅是这样的壮丽景色，我结识了一位心地善良的朋友，你也许想象不到，她就是绿岛旅馆的女经理。这座屹立在濒临大海的山崖上的豪华旅馆，就是她的产业。

她是一个富裕但又晚景凄凉的法国妇人，也许是我的容貌和孤独的生活打动了她的恻隐之心，这个年纪比我大一辈的女人像对亲生女儿一样喜欢我，她常常邀请我共进晚餐，一起到夕阳西垂的海边散步，在晚风送爽的星光之夜，她常常和我在花香浓郁的房顶花园里坐到深夜。这时她最喜爱的话题，便是回忆，她如醉如痴地谈起巴黎，她在巴黎度过的难忘的岁月。每当这时，郁结在她眉头的皱痕全都舒展开了，她的眸子里闪动着兴奋的光芒，好像她一下子变得年轻了……

当然我的心里常常感到内疚，一种不安的情绪时时掠过我的心头，因为她对我愈是体贴入微，愈是毫无芥蒂，维克多尔布置的行动计划，就愈有可能更快地实现。我来之前阅读过她的全部卷宗，我比熟悉自己的家谱还要了解她的身世，我清楚不过地知道，这个普普通通的法国妇人，之所以被我们的人看中，而且花费了难以想象的时间研究她，派我来接近她，并不是因为她本人是什么了不起的人物，说起来很可笑，这仅仅是因为她在早年（大概是三十多年以前）结识了一个中国人，而这个中国人如今是中国科学界一颗璀璨耀眼的明星，他在空气动力学领域取得了令人羡慕的成就。我想，也许是出于某种我不明了的理由，我们才不惜一切了解他们之间的隐私。给我的就是这样一个奇特的任务。

既然我们的祖国需要，为了祖国的利益，我当然没有理由不去努力完成。即使我有别的想法，我也无力违抗命令。我一直等待这个机会，耐心地等待着。

一个风雨交加的秋夜，天色晦暗，令人伤感。我们像往常一样在客厅里闲聊。玛格丽特小姐看了一会儿电视，兴趣索然，便转而问我的身世。女人总是比较敏感的，她见我郁郁寡欢、愁眉不展，便问我为何至今还没有成家，有没有男朋友。

我立即意识到，这是个千载难逢的好机会，便接过话题，杜撰了一部情节离奇、结局不幸的罗曼史——这些故事，维克多尔事先给我编好了不少于一打，我可以根据不同场合灵活运用。

我声泪俱下地讲完了“自己的遭遇”，末了还伤心地掩面而泣。我的这番表演似乎深深打动了善良的玛格丽特小姐，而且也触动了她心灵深处的创伤。我偷偷地瞟了她一眼，只见她脸色苍白，呼吸急促，便故意悲悲戚戚地说：“我的命运太悲惨了，小姐，全世界没有比我更不幸的了……”我顿了一下，转而又用抱歉的口吻说，“啊，对不起，我真蠢，在你面前讲了许多不该说的话……”

“不，不……”她摇了摇头，脸色更加苍白了。她把我的手紧紧地攥着，好久没有开口，我感觉得出来她的手在急剧颤抖，她那心灵深处的地方在一点一点地崩溃，终于坍塌了。

她把我当作同病相怜、有着同样不幸遭遇的女人，毫无保留地敞开了她的心扉，我终于从她嘴里，获得了我需要的一切——她和那个名叫李壮飞的中国人结识的经过。

我默默地倾听她那感人的叙述，我的“假牙”忠实地完成了自己的使命，可怜的玛格丽特小姐，她做梦也不会想到，当她声泪俱下时，我的心中却涌起了极为复杂矛盾的波澜。

我承认，我为自己第一次顺利地完成了任务而感到庆幸，尽管这样做是被逼的，但是为了祖国的利益，还有强大的压力，我已经顾不了许多。我不能不用这样的理由来说服自己，宽慰自己。可是我毕竟也是一个有感情、有思想的女人，玛格丽特小姐的遭遇，她那埋藏在内心深处的高尚的爱情，不能不触动我的心弦，引起我的共鸣。在她叙述往事的过程中，我真正动了感情，我的眼泪不由得夺眶而出，我甚至不止一次想打断她的话，向她忏悔我对她的欺骗，希望取得她的宽恕。可是，我始终没有勇气做到这点，我想起维克多尔凶悍的面孔，想起那不堪设想的后果……我承认，我是个软弱的可怜虫。

啊，但愿这是最后一次。上帝啊，你宽恕我吧！

你的K

第四封信

（此信前半截遗失）

……我常常半夜里无缘无故地惊醒。连日来，在我的房间，在餐桌上，甚至在我独自一人散步的时候，我老是觉得有无数只眼睛在偷偷地盯着我。有好几天，我吓得不敢出房间一步，一个人呆呆地藏在蒙上窗帘的房间。自从我把玛格丽特小姐的话录下来以后，我一直害怕见到她，尤其怕见到她那双忧郁得像秋天潮水一样明亮清澈的眼睛。

我像做贼一样心虚，神经紧张，疑神疑鬼。前天夜里，大约都快九点钟了，有人敲门，把我吓坏了。当我发现旅馆的职员陪着一个面孔陌生的警官走进来时，我失态地叫了起来。

“你们要干什么？”我相信，我当时的脸色一定难看极了。

那个职员我是认识的，人很和气，对谁都是那样彬彬有礼。他似乎没有觉察我的神态失常，仍然恭顺地弯着腰，笑容可掬地告诉我，监察局按照惯例定期要检查旅客的护照和驻留日期，不过是例行公事而已。“对不起，打扰您的休息了。”他说。

“是的，小姐，只……只不过是例行公事……而已。”那个上了年纪的军官打着饱嗝，附和地说。他喝得醉醺醺的，看样子连走路都有点儿站不稳。大概他们事先给他灌了不少酒，我猜想。他们经常这样对付警方。

我这才松了口气，把护照交给他检查，但是他几乎连看都没看，就把护照还给了我。

“小姐，你好像脸色不太好。”他突然冒了一句，眼睛直瞪瞪地盯着我。

我连忙避开他的目光，掩饰地敷衍了几句。这时还是那个好心的职员救了我，他连忙告诉那个纠缠不清的老警官，我是特地从巴黎到此来养病的。

“啊，巴黎，那真是人间的天堂。”老警官突然诗兴大发，一双眯缝眼睛也睁开了，“我还是十年前去过一次，那次是奉命追捕一个杀人凶手，呃，巴黎真是人海呀，我跑了一个多月，还搞不清它的东南西北。不过，那个杀人凶手还是被我逮着了……”他举起一个拳头，在我的眼前晃了晃，得意极了。

不知为什么，我对这个老警官的话反感透了。我故意摆出一副不屑搭理的样子，他自讨没趣，便转过身对那个职员说：“我们到别的房间去吧，别打搅这位小姐。”

不过，他在跨过房门时又回头说了一句：“小姐，你多多保重。”

鬼知道他这话是什么意思，我想了整整一夜，一种莫名的恐惧攫住了我的心。

莎米特，我真担心，这样下去我肯定会精神分裂的。

你的可怜的K

第五封信

莎米特，我的亲人：

让仁慈的上帝拯救我罪恶的灵魂吧，因为我已经坠入黑暗的深渊，再也不能自拔，直到现在我才明白自己扮演了怎样可耻的角色，因为我这几年的工作——如果也可以算是工作的话，都是围绕一个见不得人的计划进行的，我现在才知道，这就是酝酿已久的“台风”行动。但我自己一直蒙在鼓里，受人摆弄，甚至以为自己在为祖国工作。然而即便这样，有谁能证明我不是凶手，肯为我洗刷罪名呢？

维克多尔很早就到了泰国，这我已有耳闻，但是当我突然接到他亲自打来的电话，我仍然惊讶不已。

“你在哪里？”我压低声音问道。我的心情特别紧张，这个魔鬼，他的出现，总不是好兆头。

“天黑的时候出来散散步好吗？”电话里的声音答道，他在语气中装出一副若无其事的样子，他告诉我他在绿岛旅馆西边的海滩上等我，“天气好极了，小姐，来呼吸呼吸新鲜的空气，对你的健康是有益的。”

这个神出鬼没的家伙，他是什么时候窜到普吉来的，我一点儿都不知道，我猜想准是有什么特别的情况，否则他是不会亲自出马的。

晚霞在天际收回最后一抹光亮，夜色把大海和岸边的山林淹没了，我见接头的时间快要临近，便装作出门散步溜出了旅馆。我先在海滨浴场附近兜了一会儿圈子，看着没人注意，便闪身走到一条隐蔽的羊肠小道，钻进林深草茂的山谷。四周静悄悄的，在微风中摇曳的松枝沙沙作响，远处不时传来一两声鸟儿的鸣啭，更显得空山幽谷无比寂静。我深一脚浅一脚地匆忙走着，时不时地向四周警戒地瞧上一眼。渐渐地，夜色愈加浓重了，旅馆那边陡峭的山崖，连同屹立在上面的城堡，像一把利剑，直刺黛青色的夜空，灯光从那一个个眼眶般的窗户里射出来了。维克多尔像山精似的蹲在海边一块礁石背后，他默默地和我握握手，然后一声不响地朝我走过来的方向走去。我顶纳闷，不知他的葫芦里装些什么药，只好紧跟在他的后面。

当我们朝着绿岛旅馆所在的陡崖走去时，我停住了脚步。“你要上哪儿去？”我终于憋不住问道。

他回过头来，小声地然而是用不容置疑的口吻说：“别作声，跟着我。”我愈来愈感到奇怪了，难道他是打算抛头露面，闯进耳目众多的旅馆？可是没等我说出口，他却从三岔路口直奔陡崖脚下的海滩，那里净是犬牙交错的礁石，涨潮的海水一直可以冲刷到陡崖的底部。

他像山猫一样敏捷地攀上陡峻的山崖，不时用手抓住岩缝中生长的树枝，我不明白他为什么要从这里攀爬，因为我对这一带的地形是了若指掌的，从这上去正对着玛格丽特旅馆的后墙，当然由于山势陡峻，而且陡壁下面便是咆哮的海洋，从没有人敢于冒险。可是维克多尔继续朝着愈来愈模糊的陡崖爬去，而且不时回头来催促我。

我很快就得到了答案，而且当我明白过来之后，我简直无法掩饰自己的惊讶，原来维克多尔把我带进了一座极为隐蔽的秘密洞穴，说起来简直叫人难以置信，秘洞就在旅馆的地下，是在天然形成的洞穴基础上稍加改造而成的。为了预防潮湿，四壁都涂

了一层薄薄的防潮性能极佳的塑料漆；在洞穴的最深处，建造了一间可以临时居住的密封房间，它的照明、供水和空调设备都连接在旅馆的线路上，一点儿不露痕迹。而且最叫人惊讶的是，维克多尔从我来到普吉那天，一直就在这个秘密洞穴里过着深居简出的穴居生活。鬼知道他肚子里怀着什么鬼胎，也许是对我不放心，暗中监视我的行动吧……

“好了，我在这个鬼地方算是待够了。”维克多尔环顾了一下凌乱不堪的密室——很明显，他已经把重要的东西都收拾停当，地上放着两只不大的旅行箱——然后转过脸望着我，“你干得很不错，所有的情况我都看过，上级决定给你嘉奖。”他顿了一下，终于透露了这次亲自找我的意图，“从现在开始，‘台风’行动立即开始进行，上级给我们的时间是一个星期。”

我一直默不作声，他接着扼要地介绍了“台风”行动的具体内容。

可是，我最后还是忍不住提了一个问题：“我不明白，李壮飞远在中国，谁敢担保他会飞到普吉来呢？”

维克多尔迟疑了片刻，说道：“对你，这当然没有什么可以保密的。据我们的可靠情报，李壮飞这次到斯德哥尔摩去，已经预订了波音999飞往巴黎的机票，这次航班是一条新开辟的国际航线，它经过曼谷以后还要到马来西亚的槟城短暂逗留，因此它必定要经过普吉。按照规定，它在下午六点四十七分飞过普吉上空，这样我们只要提前半小时给它来一场人工小台风，就可以打乱它的计划，迫使波音999在普吉机场降落。”

“不过，我还是不放心，你刚才说让我去见他，他会那么轻易上钩吗？”

“你怎么还不明白，”维克尔做了一个不耐烦的动作，说，“你当然不是这个样子去见他，那不是活见鬼了吗？你得化妆，变成玛格丽特小姐，跟那个女经理一模一样。”

“这怎么可能？”我声音很低地咕哝着。

“这一点用不着你操心，”他说，“科学是万能的，我们那些天才的科学家按照玛格丽特小姐的脸型仿造了一个面罩，只要戴上它，恐怕上帝也难辨真假了，何况他们已经三十多年没有见面。”

他说得很轻松，但我却感到脊椎骨一阵发冷，忍不住试探地问：“那么，玛格丽特小姐她……”

话刚出口，我又有些后悔，我估计维克多尔准会狠狠训斥我一顿的，可是这一回却出乎我的意料，他不但没有发怒，反而拍了拍我的肩膀，雍容大度地笑道：“我知道，你很喜欢她，对吗？”不待我回答，他继续说，“暂时，我们只好先委屈她一下，等事情办完以后，我们自然会恢复她的自由的。”

我没有再问，但我的紧张心情多少轻松了一些。至少在这一点上，我对维克多尔的印象有了改变，他还不是那样冷酷无情的人。虽然在我的内心深处，我对“台风”行动的整个计划是难以接受的，我不能理解我们的国家为什么要制造这样可怕的武器，难道这真的是为了我国的安全所必须采取的手段吗？当然，我也知道，这些事情都是我不应该过问，甚至连想也不应该去想的。只要玛格丽特小姐不受到伤害，我在良心上多少也可以交代过去，我还能有什么过分的奢望呢。

接着，我们商量了一下具体行动的细节，他领着我熟悉这间密室，告诉我秘密入口开关的办法，最后，当我们离开时，他把一串钥匙交给我。他特别提醒我，入口的阶梯下面是一间秘密的贮藏室，里面专门放摩托艇。他告诉我，摩托艇就在他手里拎的那只黑皮箱中，这艘摩托艇可以折叠起来，没有它是无法进入幽灵岛的。

我们从洞口钻出时，天色更黑了。黑沉沉的冷雾遮盖了周围的一切，看不见半点星光。“太好了！”维克多尔提着他的两只旅行箱，朝黑黝黝的海湾望了一眼。

然后他迅速地从陡崖滑下，站在下面的沙滩上等我。

这时候，海滩上静寂无人，只有海浪轻轻拍打礁石的声响。我们默默地踩着潮湿的沙子，在浪花飞溅的海边走着——此刻正在涨潮，我们的脚印很快就会被海水抹平消失的。

不久，海滩的尽头到了，前面是轮廓模糊的一片锯齿状的礁石。维克多尔让我稍候一下，躬着背像山猫似的悄悄地跑到前面不远的地方，打开了一只箱子。

很快，他推出一艘折叠型的摩托小艇。

“快上来！”他压低声音向我招招手。

我蹚着水跳上小艇。船身抖动起来，接着小艇像离弦的箭，贴着波浪飞也似的朝前驰去。

黝黑的海面顿时划出一条翻腾的水道，却听不见一点儿声响。这艘安装了消声器的小艇，神不知鬼不觉地离开了海岸。

“上哪儿？”我问。

维克多尔朝我摆了摆手，朝四周瞭望了一番，等他确信没有什么危险时，这才转过身来。

“你记住，这艘小艇一定要保存好，密室出口的阶梯下面有个秘密贮藏室，你刚才已经看到，就把它藏在那儿。”他说，

“这是唯一的联络工具，幽灵岛上的电子识别仪只认识它，别的任何船只休想靠近幽灵岛一步。”

我默默地点点头。

“还有，离开海岸以后，你要立即打开声呐，”他指着面前一排闪着光亮的仪表，那里有一个红色的揿钮，“就是这个，”他用手按了按那个按钮，做了一个示范动作，“这样，幽灵岛就会马上接应你……”

我模仿他的动作，重新按了那个红颜色的按钮，然后凝视着一动不动的海水……

这时，小艇离开海岸已经很远了。在我们背后，屹立陡崖的绿岛旅馆，像一艘灯火辉煌的舰船停泊岸边。我仔细辨别着玛格丽特小姐住的那间房子的灯光，心中突然感到一种无法形容的内疚。这个可怜的老妇人，她此刻正在做什么呢？也许，她在倚窗眺望，朦胧的夜色说不定勾起她的乡愁，她又在咀嚼着往事回忆的碎片，独自黯然伤神罢了；也许，她打发仆人，下楼找我和她做伴，她哪里会想到我欺骗了她，正在暗中参与一件卑鄙的阴谋，而且利用了她高尚的爱情……

我不能再想下去了。我突然觉得自己和维克多尔一样可耻，下贱，丧失了起码的人性。

“注意，坐稳！”维克多尔的声音打断了我的遐思。这时，海水骚动不安，平滑如镜的海面突然间涌起一阵巨浪，小艇顿时急剧地颠簸起来。

不一会儿，透过墨绿色的海水，远远可以看见一个透明的发光休从海底浮出海面，它浮山的速度很慢，同时缓慢地旋转着。这个庞然大物我是熟悉的，但这样近距离观察它的尊容，还是头一次。

我们的小艇这时距离它有二百多米，从外表看，它酷似一只硕大无比的救生圈，或者像一枚巨型的陀螺，它的直径起码超过一百五十米，遍体发出灿然的金属光泽。它的四壁，确切地说是朝外的一层外壳，有一排圆形的窗口，像一只只眼睛射出耀眼的光芒。当它从海底缓慢上升时，海水在强光照耀下不断变换它的光彩，起先是淡蓝，继而是绛紫，最后变成美丽的金黄色调，使人不由得闭上眼睛。它的中心部位，如同主轴一样上下凸出，那是一块块特种钢的翼片组成的海水增温器，凭借它的每秒五千转的高速运转，可以使处于冰点的海水迅速增温，产生巨大的热量——人造台风就是在它的内部形成的。

它冲破海水的屏障，像一艘潜艇浮出了海面，就在这一瞬间，我们的小艇突然失去了控制，被一股强大的吸力猛地俘虏过去。没等我明白怎么回事，小艇已经闪电般地射入电子控制的舱门，像一块楔子刚好插入幽灵岛的躯体。眨眼工夫，幽灵岛又迅速沉入海底。

当我睁开眼睛时，我们已经进入幽灵岛的“接待室”。这是一个密封舱，从钢板的墙壁伸出的机械手自动地把摩托艇折叠起来，然后熟练地放进旅行箱。维克多尔亮出电子标记，这是一块银灰色的徽章，电子识别仪检查了一番，一扇金属门自动打开，这说明是自己人，可以通行。

我跟在维克多尔的后面，刚要迈腿跨入门内，突然金属门关闭了。

“维克多尔——”我惊恐地大叫起来，可是晚了，金属门已经“砰”地关上了。无论我怎样用拳头砸门，电子识别仪只是默默地发出报警的信号，“嘟——嘟——”地响个不停。

突然，我感觉背后有什么东西窸窸窣窣地响动，我回头一看，顿时吓坏了。墙上伸出的无数只机械手，螃蟹似的向我包围过来，一只抓住了我的胳膊，另一只向我的脖子伸了过来……

我一时吓得没了主意，一面挣扎，一面惊慌失措地大嚷大叫。就在这时，金属门打开了，满头大汗的维克多尔跑了进来。

他手里拿着一块同样的银灰色徽章，我猜想那大概是我的通行证，果然，电子识别仪检查了我的电子标记，默不作声了，那些机械手也一个个缩了回去。

“对不起，我忘了你是第一次来……”维克多尔抱歉地说。我抱怨地瞪了他一眼，用手帕擦了擦额头的汗水，刚才的一场虚惊，使我出了一身冷汗。

走出接待室，一条一眼望不到头的环形甬道展现在我们面前。这是贯通全岛的主干线，像一条宽敞的马路，两旁伸出无数的小道。只不过它的两旁不是房屋，而是一排排实验室和标有“危险，请勿靠近”的核动力车间。明亮的灯光从穹形的壁顶投射下来，我们碰不见一个人，也听不见任何声音，除了脚下有轻微颤抖的感觉，好像走进了一座令人恐惧的墓室。

维克多尔对这显然是很熟悉的，他在前面领路，不时回头催促我：“快，米歇夫上校在等我们。”

我们一连通过四五个电子警卫的盘查，当我们走上一道螺旋形的金属梯子，维克多尔整了整他的上装，低声说：“到了。”

在一间陈设豪华的像是客厅的大房间里，我第一次见到了米歇夫上校。他约莫四十来岁，络腮胡子，白色的海军呢制服和肩上的三颗闪闪发光的金星，使他不高的身材增添了几分英姿。他坐在大写字台后面的高靠背椅子上，见我们进来，稍稍动弹了一下身子。

“见到你很高兴。”他抬头朝我望了一眼，手指着面前的沙发，示意我们坐下。

“维克多尔告诉我，你干得很出色。上级对你的工作很满意。”他待我们坐下后，用沙哑的声调说道，“从现在起，你，K小姐，是上尉军阶，维克多尔晋升少校。我代表祖国和人民祝贺你们。”

我和维克多尔对视了一眼，不约而同地站了起来。

“你们的任务非常光荣，非常重要，因为它直接关系到祖国的安全。”米歇夫上校用低缓而平静的声音讲道，“你们知道，幽灵岛是我国海军最强大的战略武器，在今后若干个世纪，原子武器和中子武器，由于受到世界舆论的谴责，尤其是它们的秘密已经全部公开，已经丧失了独一无二的重要地位。这样，必然导致一个可怕的局面，这就是我国的核威慑力量受到了同样拥有核武器的敌方的严重挑战，我们辽阔的国土和包括首都在内的大中城市，以及许多导弹发射基地和国防设施，全部暴露在敌方洲际导弹的射程之内，成为他们瞬息之间发动攻击、必将摧毁的目标。我们不能不另找出路，这就是你们即将开始的‘台风’行动。”

米歇夫上校说到这里，情绪有些激动起来，他用指头轻轻叩着桌子，继续说：“有些情况你们已经知道，我们的科学家花费了近半个世纪的时间，终于发明了这种强大的、威力无比的武器，这个武器是建立在空气动力学家李壮飞最初提出的台风机制理论上的。当然，我们的科学家发展了他的理论，在某些方面大大超过了他的理论，这就是把人工控制台风变成人工制造台风，它的具体化就是你们现在见到的这座幽灵岛——一座以核动力为能源的台风发生装置。不过很遗憾，李壮飞教授是个很有头脑的人，他一直秘而不宣，迟迟不公开他的研究成果中最关键的理论公式，他隐藏了一些重要的参数，这就给我们带来很大麻烦。不过这还不是主要的。”他顿了一下，从椅子上站起，走到房间中央的地毯上，用焦灼的目光盯在我的脸上，“你当然知道，李壮飞马上要以诺贝尔奖获得者的身份向全世界公布他的成果，这意味着什么呢？”他神经质地比画着，自问自答道，“要知道，我们正在不断努力改进这个武器的性能，使它一次形成的台风就足以摧毁一个或几个毗邻的城市，使敌国的国民经济处于无法恢复的瘫痪状态——尽管目前我们还达不到这一点，但迟早我们会做到的。可是，李壮飞如果把他的成果公之于世，所带来的后果将是不堪设想的，它不仅会使我们耗费了几百亿美元的幽灵岛变成一堆废铁，还会迫使我们不得不改变我国的国防体制和全球战略计划……”

米歇夫上校突然站住，圆睁着本来已经暴突的眼珠，挥动双手，歇斯底里地叫嚷道：“这太可怕了，我们不能接受这样可怕的现实。不，不，我们要不惜一切代价……一切代价……”

我和维克多尔交换了一下惊诧的眼光，我真担心，我们面前的这位上校，会不会是一个疯子。

过了片刻，他直奔写字台，从一叠文件中找出几页打字纸，迅速翻动着，然后用咄咄逼人的目光注视着我们。

他足足注视了几秒钟，这才打破了难耐的沉默。

“本来，我不打算向你们讲这些，因为这些属于最高级的国防机密，”他语气又恢复了平静，依然是低沉沙哑的声调，“但是我决定打破惯例，目的是使你们知道，你们肩上的责任是多么重大，多么光荣。为了神圣的事业，你们必须不惜一死来完成它！”

他干咳了几声，目光停留在手里拿着的几页打字纸上。

“现在我代表最高指挥部宣读如下命令。”

我和维克多尔霍地挺起胸脯。

“一、必须全力以赴绑架李壮飞，夺取他的全部资料。如果他同意到我国来，为我们服务，可以答应给予最佳待遇，并将向全世界宣布这一消息。不过这种可能性微乎其微，你们对此不要抱太大希望，由于时间紧迫，目标容易暴露，你们要把注意力放在夺取他的资料上。

“二、在完成上述任务后，必须把一切可能留下的痕迹，无论是人或物，统统就地销毁，要不惜一切代价保守‘台风’行动的机密。

“三、幽灵岛在完成上述任务后，立即返回基地，全体有关人员撤离泰境。”

（此信到此中断，似未写完，或者下文遗失）

赵鹏一口气把这五封“情书”看完，如梦初醒。他的心被这个罪恶的计划大大震动了。当然在他阅读这些信件时，他的心情随着信件中叙述的过程，紧张到了极点。等他掩卷之后，他又感到莫大的安慰，因为敌人精心策划的阴谋到头来还是以失败而告终，那个与人类为敌的幽灵岛连同什么米歇夫上校，这会儿早就沉入海底，永远埋葬在黑暗的地狱之中了。

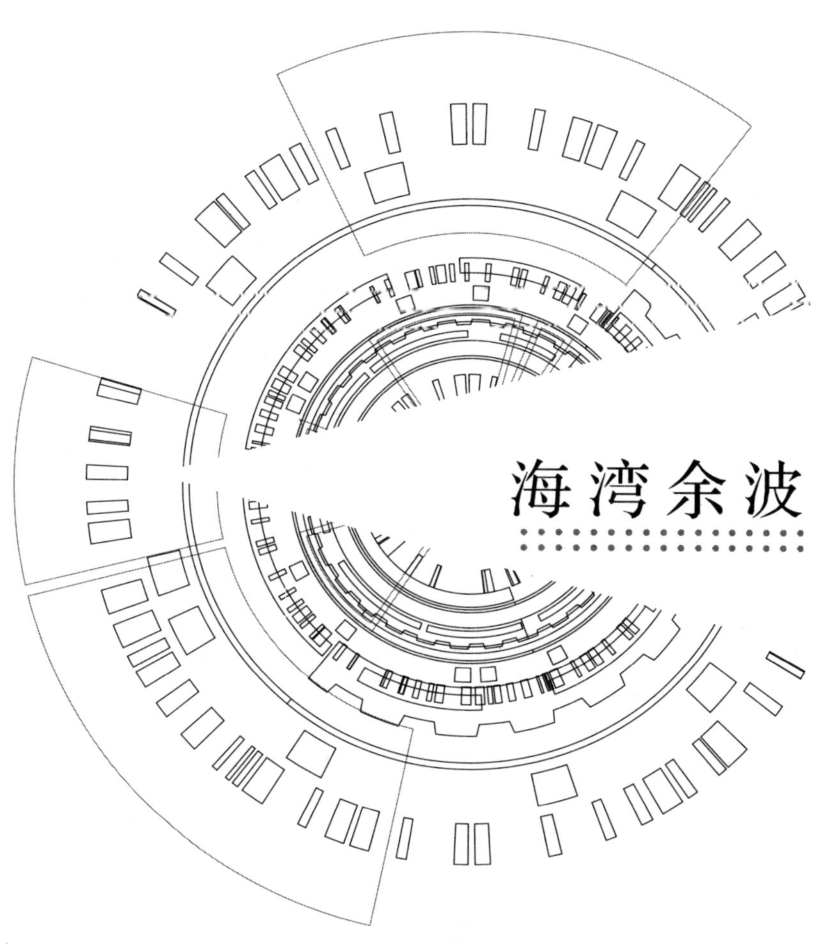

海湾余波

死神又一次被李壮飞击败了。

他整整睡了四个小时，当他一觉醒来时，日过中天了。绚丽的热带骄阳透过淡青色的窗帷，使舒适的病室笼罩着异常宁静的氛围。刚睁开眼时，他还以为自己置身在北戴河的海滨疗养院里，但很快，他想起来了。

他突然抱怨起医生，不该让他白白浪费了半天宝贵的时间。他怒气冲冲地按响了电铃，当惊慌的护士小姐闻声而至时，他第一次发了脾气。

“快，快，快找赵鹏……”他一面穿衣服，一面焦急地说。

“谁？”护士小姐的一双大眼睛眨了眨，莫名其妙地望着这个奇怪的病人。

“啊，你不知道。”他搔搔头，想了一下，接着说，“对了，你赶快把警察找来。喂，回来，你叫他们马上来，我有非常非常重要的事情找他们。”

护士小姐像白蝴蝶一样飞快地跑开后，李壮飞找了几张纸，趴在桌子上迅速写了起来。昨天夜里的一场惊险遭遇，对他来说印象委实太深刻了。作为一个正直的科学家，在过去几十年的生涯中，他总是天真地认为，自己的研究工作和整个人类社会的进步息息相关，他为此感到自豪。但是三十多年前发生在巴黎的遭遇，再加上昨天亲身经历的惊心动魄的现实，彻底打碎了他天真的幻想。他再也不能像三十多年前在巴黎那样消极地逃避，因为事实证明，那样做的结果是于事无补的，反而助长了敌人的凶焰。三十多年的时间，在他理论的胚胎上已经长出可怕的毒瘤。当然，这些年来他不是完全没有想过，他的研究成果落在不同人的手里其结果是截然不同的，为此他在自己的著作中不得不小心翼翼地抽掉了一些关键的内容，然而防不胜防，三十多年前他在巴黎的第一次演讲，以及随后陆续发表的论文和著作，已经足够别有用心的人剽窃他的成果，用于同全人类为敌了。这不可回避的现实深深刺痛了李壮飞善良的心，甚至在某一瞬间，他后悔自己当初不该研究这个课题，就像居里夫人不曾料到镭的发现居然会导致广岛的毁灭一样。然而这一切都于事无补，他必须面对现实，尽管这是非常难堪的，但他再也不能保持沉默了……

李壮飞很快把几页纸写满了，他把记忆中能捕捉的细节——发生在昨夜的前后经过重新回忆了一遍，他没有忽视任何一个细枝末节，甚至在昏迷状态听到的片言只语，他也尽力从记忆中发掘出来——他知道，他将面临一场严峻的挑战。

一阵急促的脚步声打断了他的沉思——他们来了——赵鹏和另外两个面容陌生的警官前后脚走入病室。

在一阵令人激动的问候之后，赵鹏连忙把两位警官向李壮飞作了介绍，一位是巴莫春篷少校，另一位是普吉市警察局局长——他此刻已经换掉满身油污的那件司机工作装，穿上笔挺的咖啡色警官制服，满脸蓄起的短髭一点儿不剩地剔除干净，留下青色的胡茬，显得精神饱满，也年轻多了。

李壮飞直截了当地提出，在他离开普吉市前往巴黎之前，他要举办一次记者招待会，具体地点最好就在普吉市，他要把这一骇人听闻的事件和背后的罪恶活动公之于众。

这个突然的决定事先谁也没有料到，倒是个难题。三双眼睛互相交换了一下眼色，半天没有一个人出声。

“我们还是坐下来谈吧。”巴莫春篷为了摆脱眼前尴尬的局面，提议道。

病室里有一对沙发，警察局长和李壮飞分别坐下来后，赵鹏和巴莫春篷各自拖了一把椅子坐在他们对面。

“李教授，有这个必要吗？”警察局长探身用商量的口吻问道。

“那五封信你们各位都看过了吧？”李壮飞先问了一下，他见众人一一点头，便把自己想了很久的想法说了出来，“情况是再清楚不过了。这次发生的事件，很明显，不仅仅是涉及我个人的问题，更为严重的是，这是对全人类的挑战，对科学的挑战。如果我们不能动用舆论的力量和科学的手段及时揭露这种灭绝人性的罪恶勾当，制止这种可怕计划的实现，听之任之，那么，我们就要受到子孙后代的谴责，而且不用多久，地球上的居民就会面临可怕的灾难……”李壮飞说话的声音不高，但字字铿锵有力，落地如金石声，使在座的人为之动容。

“有这样严重？”警察局长小心翼翼地插了一句。

“局长先生，我是一个科学家，我只尊重事实。”李壮飞礼貌地，同时神色严峻地说，“你们知道，我的一生是同台风打交道的，这种破坏性的大气现象给人类造成的灾难，也许只有地震和火山爆发可以和它相比。你们也许听说过，1969年袭击美国的一次飓风，造成二百五十六人死亡，财产的损失总计是十五亿美元，还有一次，经过佛罗里达的飓风，它的能量相当于二十万枚原子弹，还有一次，台风袭击了菲律宾，当地居然一连下了两千五百毫米的暴雨。我之所以讲这些，是要强调人工制造台风的罪恶计划一旦实现，它对人类的威胁将大大超过当代任何破坏性最大的新式核武器，这绝不是耸人听闻，因为人工制造台风不仅瞬息之间可以造成后果严重的灾害性天气，形成飓风、暴雨、洪水、海啸，而且将影响全球大气平衡，使生态环境发生不可逆转的变化，这样一来，后果将是不堪设想的。”

说罢，李壮飞激动地走到窗前，顺手拉开窗帘。他眯缝着眼睛向阳光灿烂的窗外凝视了一会儿。那里，蓝天如洗，一尘不染，有几只鸽子在阳光下自由自在地飞翔。沉吟片刻，李壮飞突然用锐利的目光向在座的其他人扫视了一眼，情绪激昂地说：

“为了保护地球的天空永远这样蔚蓝，这样阳光灿烂，我们一刻也不能再犹豫了，必须动员全世界的舆论公开谴责这一罪恶企图，这难道还有什么可犹豫的吗？”

警察局长仍然有些犹豫，他和巴莫春篷低声商量了几句，对李壮飞说：“李教授，你的看法我们都是同意的，可是时间似乎太仓促了一点儿。而且，开往巴黎的波音999将在今天下午五点三十分起飞。”

赵鹏接着补充了一句：“是呀，五点以前我们必须赶到机场。”

这倒是一个新情况。李壮飞连忙看看表，指针正好走到一点整。他坦然地笑笑说：“放心，完全来得及，还有四个多小时嘛。”他唯恐对方不理解他的用意，解释道：“这次记者招待会之所以一定要在贵国举行，是因为这次事件是在贵国境内发生的，这就具有更大的说服力。当然我到了巴黎和斯德哥尔摩，无论走到哪里，我都要举行记者招待会，哪怕是豁出这条老命，我也要毫不留情地公开谴责这一不能容忍的罪恶行径，否则我就不够资格做一个科学家。”

警察局长见李壮飞执意坚持，知道已无法改变他的主意，只好表示同意。李壮飞见这位局长的态度并不是十分热心，又特地补充了一句：“一切责任由我承担，就麻烦你们提供一个开会的地点，这样总可以吧？”

警察局长未置可否地笑笑，立即吩咐巴莫春篷去着手记者招待会的组织准备，他征询了李壮飞和赵鹏的意见，他们都同意记者招待会定于三点举行，开一个半小时，人数控制在一百人左右。

巴莫春篷离开之后，警察局长接着请李壮飞和赵鹏乘坐他的专车，驱车前往警察局，并且一直把他们带到赵鹏第一次和他谈过话却不曾露面的地下密室。

“从现在起，你们两位就处于我们的特别保护之下，一步都不准离开这里。”局长走进密室，半开玩笑半认真地说。他接着补充道：“记者招待会就在本局二层会议室举行，地方虽然小一些，但是绝对安全。你们二位也就不用出门了。当然，很遗憾，这样一来，你们就不能参观我们城市美丽的市容了……”

赵鹏的反应很敏锐，他从局长的话中隐约觉察出某种不安的因素，忙问：“出了什么情况吗？”

警察局长瞅了他一眼，掩饰地笑笑：“我们这个世界本来就不太安宁嘛！”他语意双关地答了一句。

三人围着沙发以三足鼎立的格局坐下后，警察局长拿起烟盒递给他们，然后自己取出一支，默默地吸了几口，开口道：“二位教授，你们是我国尊贵的客人，而且我们两国之间有着传统的友谊，所以对二位的光临我们是非常欢迎的。可是，由于众所周知的原因，二位在我国境内受了一场虚惊，作为本市安保部门负责人，我是非常遗憾的，也深感不安。”

警察局长的开场白虽然是外交场合习以为常的辞令，但是在这样特定的时间和地点讲出这番话，使李壮飞和赵鹏倍觉意外，他俩默默地交换了一下眼色，继续等待下文。

“这次案件的复杂程度以及它所涉及的国际背景，无论是在本市，还是在我国，都是史无前例的。至于它的严重性，李教授已经讲得很清楚，无须我再补充了。”警察局长若有所思地望着两位聚精会神的中国科学家，慢吞吞地说，“本来，我打算请二位在本市多住几天，协助我们把这次神秘的台风以及有关幽灵岛的情况调查清楚，因为……”他顿了一下，仿佛在斟酌用什么合适的词句婉转地表达自己的意思，“打开窗子说亮话吧，我国有关当局对这次事件非常重视。可是很遗憾，二位教授重任在肩，特别是李教授必须如期前往斯德哥尔摩，我们就不便挽留了……”

“局长先生，这一点请放心，我们一定把我们所知道的情况提供给贵国有关部门。”李壮飞指了指坐在他旁边的赵鹏，诚恳地对警察局长说。接着他从口袋里取出折好的几页纸，又讲：“这是我刚才在医院里匆忙写下的，有关我本人所了解到的情况，这上面都详尽无遗了。当然，我在记者招待会的讲话，你们也可以录音嘛！赵鹏，你说呢？”

赵鹏赞同地点点头，说：“我们是当事人，当然责无旁贷，现在离记者招待会还有个把小时，局长先生如果需要我们做些什么，那么请不要客气……”

赵鹏刚说到这里，李壮飞突然想起什么，插话道：“对了，那个冒充玛格丽特小姐的女间谍不是已经落网了吗，她是一个重要人物，了解许多内幕，除了那五封信，我想她……”

李壮飞说着说着，突然打住了。他发现警察局长的神色有些异常，局长疲惫地倒在沙发靠背上，嘴里的烟一口接着一口，似乎有些难言之隐。

赵鹏敏感地拽了拽李壮飞的袖子，给他丢了一个眼色。

密室里的空气异常沉闷，每个人都在想着心事。终于，警察局长用力地掐灭抽了半截的烟蒂，抬起茫然失神的眼睛，从牙缝里挤出了一句话：“她……已经……死了……”

李壮飞和赵鹏的耳朵都不觉“嗡”了一声，尤其李壮飞，像是挨了重重一棒，顿时张着嘴愣住了。他从昏迷中醒来的第一念头就想起这个女人，他觉得这个神秘的女人简直是一个谜，她的行动和在五封没有寄出的信中的真情流露，是如此互相矛盾，而这种矛盾的心理恰恰暴露了这个被人利用的女人内心深处的苦闷、彷徨和极端剧烈的思想斗争，这是一个可以争取过来的对象，对于揭露幽灵岛的秘密和“台风”行动的内幕，没有比她更合适的人了……

赵鹏的反应和李壮飞不同，他怀疑这个消息的可靠性，尽管这是从警察局长的嘴里讲出来的。因为他是在海滩救起李壮飞以后才和女间谍分手的，而且他亲眼看见这个女间谍被押进了警车。当他乘坐的救护车启动以后，那辆警车也跟着上路了，最后面，便是警察局长和巴莫春篷少校乘坐的那辆轻便越野车……警戒森严，万无一失，怎么可能突然死去呢？

“她是被人谋杀的。”警察局长好像是在回答赵鹏的疑问，接着说道，“离开海滨之后，我和巴莫春篷乘坐的越野车超越了那辆押送女间谍的警车，很快就进入市区。但是过了很久，那辆警车都没有回来。当时，除了有少数警员留在绿岛旅馆保护现场，其他的摩托车都陆续返回市区。事情就发生在这个时候，根据现场的观察，那辆押送女间谍的警车绕过一片树林，从四号公路直奔高速公路时——那一带是很偏僻的，来往车辆很少，就在警车急转弯时，突然从树林里冲出一辆压路车，拦腰和急速前进的警车相撞，警车上的驾驶员和三名警员当场死亡，女间谍估计也是当场重创而死的，不过凶手还在她的胸膛上插了一把匕首……”

“凶手呢？”赵鹏急问。

“逃了。我们已经封锁了一切交通要道，全城戒严。从现在起，离开普吉市必须经过警方批准。”局长说道。

李壮飞和赵鹏都被这个意外的消息弄得心绪不宁了。他们原以为幽灵岛的覆灭宣告了整个事件的结束，结果不然，严酷的现实说明敌人的魔爪并没有被斩断——不仅没有，而且仍在活动，极其猖獗地活动。它使李壮飞想起了巴黎那个被杀的男人，他的胸膛上也是插上一把匕首的。看来，这个罪恶的集团是不会因为暂时受挫而善罢甘休的，也许，此刻他们的魔爪又伸进了尚未发现的角落，在那里制造新的阴谋，这不是不可能的啊。

这时，李壮飞的心里一阵不安，他不由想起玛格丽特。这个分别了三十多年的法国朋友的命运，从逃出秘密洞穴的那一刻起，就无时无刻不在他的心头萦绕。虽然他总是不能摆脱这不过是一场幻梦的感觉，因为他一生不止一次做过同样的梦，他梦见和可爱的法国姑娘相逢，和她一道叙诉离别的衷情，但每一次，浩瀚无垠的大洋总是无情地把他们分隔在地球的两端，使他的梦境也充满了辛酸苦涩的滋味。他曾经想过，虽然这多少有点悲观，他们这一辈子是不会相逢的，他甚至因此断绝了和玛格丽特再见一面的念头。然而，他没有料到，命运是这样捉弄他，他已进入人生的暮年，那些令人伤感的记忆已经逐渐淡忘，这时，她却突然出现了，而且是在他登上了一生荣誉最高峰的时候，他怎能不感慨万千啊。诚然，实际上他并没有见到真的玛格丽特，当他读完那五封信以后，他知道自己又一次受骗了，不过他毕竟感觉到了她的存在，她就在这里，离他并不太远……想到这里，这位老教授再也无法抑制内心的焦虑和种种复杂的感情，他用颤抖的声音问警察局长："她呢？"

"谁？"警察局长眨眨眼睛，望着李壮飞。

"玛格丽特小姐……"李壮飞几乎是从心灵深处艰难地说出这个无比亲切的名字来的。

警察局长突然明白了。他垂下眼帘，默默地离开了沙发。

“她……已经不在人间了……”局长用勉强听得见的声音答道。

就在这时，密室的门开了，巴莫春篷少校进来通知他们，记者招待会再过半个小时就要举行，会议室已经挤得水泄不通了。

警察局长慢慢转过身来，朝神情悲哀的李壮飞望了一眼：“李教授，是不是你就不必出席了，由我和赵鹏教授，还有巴莫春篷少校去张罗张罗……”

不待他说完，李壮飞霍地站起来，斩钉截铁地说：“不，我一定要去，我要向全世界控诉……”

他突然哽咽起来，无法说下去了。

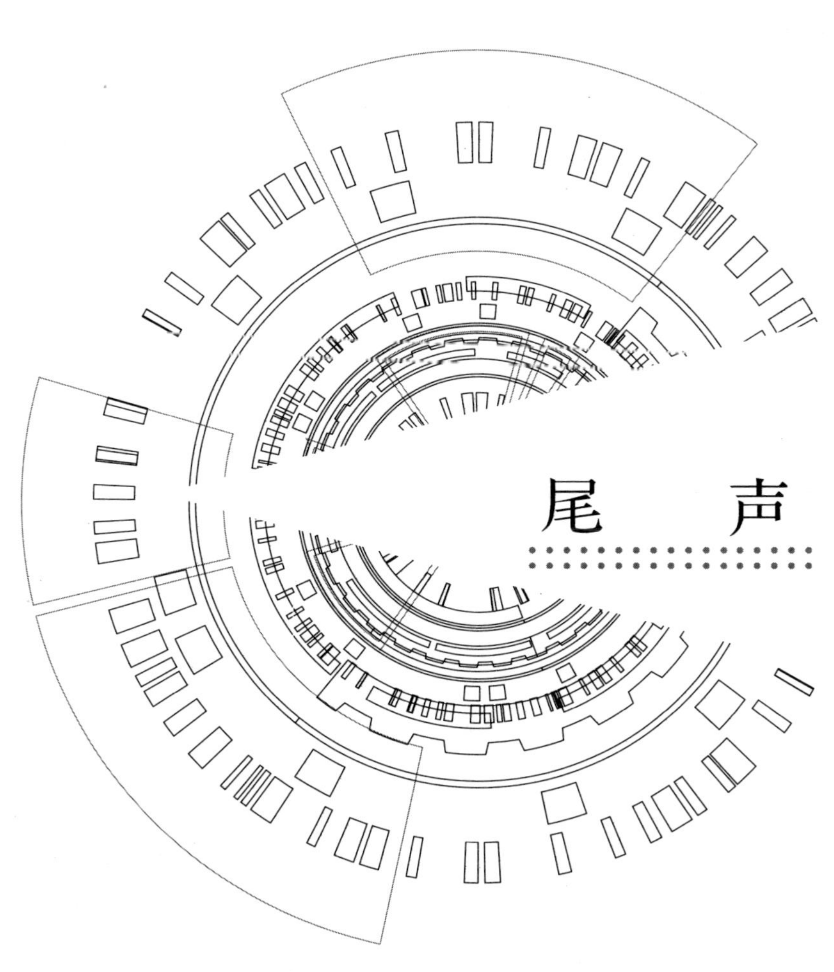

尾　声

果然不出所料，李壮飞教授提议举行的记者招待会，轰动了世界。尽管普吉市地处偏僻，交通不便，但是各国通讯社驻曼谷的新闻记者和大大小小的报馆记者接到通知，蜂拥而至，谁也不肯放过这个爆炸性的新闻；本市的电台、电视台和报纸的记者近五十名，早就提前一个多小时捷足先登，占据了会议室最前排的座位。为了满足公众的要求，普吉市“海浪”电视台和警察当局达成协议，用十万美元买下了记者招待会实况转播的专利权。通信卫星和千千万万的电视荧光屏，都在注视着泰国南端的滨海小城。

记者招待会的气氛是紧张的，李壮飞教授、赵鹏教授的情况介绍，以及警察局长和巴莫春篷少校的补充发言，使见多识广的新闻记者也为之瞠目结舌，尤其是最后一项内容，当巴莫春篷少校把女间谍K小姐的五封信的副本分发给记者们，并且展示了她被杀的现场照片时，全场为之哗然。每一颗稍有正义感的心，都被这个骇人听闻的罪行激怒了。

刚才还是静悄无声的会议室，这时像暴风掠过的大海一般喧闹开了。

警察局长把身子凑过去，指着手表对李壮飞低声说：“怎么样，差不多了吧？”

坐在他左手一侧的李壮飞赞同地点了点头。

记者招待会进行了一个半小时，接近尾声了。警察局长擦了擦头上的汗水，重新戴好了制帽。然后用指头弹了弹座前的扬声器，提高嗓门说道："女士们，先生们，李壮飞教授和赵鹏教授刚才已经把这件骇人听闻的绑架案向诸位做了详细介绍，有关这个案件背后令人发指的罪恶阴谋，大家都很清楚了。李壮飞教授和赵鹏教授一天一夜没有休息，他们马上就要飞往巴黎，李壮飞教授还将前往斯德哥尔摩出席诺贝尔奖授奖仪式。我看，如果大家没有什么问题，我们的记者招待会是不是到此可以结束……"

警察局长的话音刚落，一个迟到的女记者从后面挤上前来。

"对不起，李教授，我是法新社驻泰国记者，刚从曼谷乘飞机赶到，所以我只听了您后半部分的介绍。我想占用您几分钟时间，请您再谈一谈您是用什么办法把那个幽灵岛炸毁的。"

会议室里升起一阵哄笑，因为这个女记者提出的问题，刚才李壮飞已经谈过。

李壮飞和警察局长商量了几句，把话筒挪到面前，向这个法国女记者说："可以，我再简要地重复一下。"

"我刚才讲过，我被那个女间谍用麻醉香烟麻醉，失去知觉以后，很快就被他们一伙人从电话间扶进了等候在候机厅门外的汽车里。当时机场候机厅秩序很乱，一个偶然晕倒的老人被几个人送去抢救，这个小小的事故并不会引人注目的。我被送进了绿岛旅馆那儿的一个秘密洞穴里，这个秘洞虽然就在旅馆的地下，但是由于地形陡峻，非常隐蔽，一直不为人们所发现。我在洞穴的密室里昏昏沉沉地躺了大约有四五个小时，大约是深夜两点多钟，药效消失，我终于清醒过来。这时我才发现自己置身在一个没有门窗的密封罐子里。我决定逃走，趁着没有人时逃出这个牢笼。我费了很大力气，翻箱倒柜地寻找出口，却始终没有进展。这时我的体力已经支撑不住，我倒下来了……

“用一句你们习惯的用语，感谢上帝，我在倒下时却意外地发现那把转椅的秘密，原来它就是通往外面的秘密出口。而且，在转椅的底部，我发现一个凸出的金属箱子，很明显，它是后来装上去的。这个发现使我非常兴奋。我很快从地上爬起来，掀倒转椅，把椅子底下的小箱子取了下来。

“这个箱子实际上是一个首饰盒，我猜想，也许它就是那个K小姐的。因为里面放了五封没有寄出去的信，还有几串女人的项链，当然，最使我吃惊的还是一个怀表大小的圆盒，它轻微地发出‘滴答——滴答——’的响声。我很快明白，这是一枚烈性定时炸弹，它的爆炸力可以说和一颗五千磅[①]的黄色火药[②]的重磅炸弹不相上下。很显然，他们是准备用它让我和这个秘密洞穴同归于尽的。但是，正如诸位知道的，我在研究台风的能量时，不止一次地用各种炸弹进行对比试验，所以我对这种烈性定时炸弹的结构和性能十分熟悉。我当然不能容忍它来置我于死地，我不客气地‘缴’了它的‘械’，卸下了它的计时器……

“接着，我开始阅读那五封信，我承认，当我读完那些信时，我简直感到震惊。我被如此卑鄙的罪恶阴谋激怒了。K小姐的这几封信，进一步证实了我对这场台风的怀疑是正确的。它们的可靠性如何，我最初抱有很大的怀疑，不过，我很快打消了这个念头，因为我在朦胧状态中断断续续听到的他们的对话，和信中的内容是完全吻合的，而且她把这些信和炸弹放在一起，也正是打算把它们销毁。当时，我已经来不及过多考虑，我决定按照信中提示的内容，首先逃出去，然后再说。

“我把这个装有炸弹的首饰盒抱在怀里，钻出洞口。当我走下一道很狭窄的阶梯时，我突然想起，在阶梯下面应该有个秘密的贮藏室，那个可

---

① 1磅约为0.454千克。

② 黄色火药指诺贝尔研制的炸药，它威力较大且更加安全稳定。

以折叠的摩托艇就是藏在这里面的。果然，我找到了装在一只旅行箱里的摩托艇。就在这一瞬间，我突然产生了一个想法，我要去和那个幽灵岛同归于尽……

“我又急忙返回密室，匆忙留下我的遗言——当时，我估计这一去肯定是凶多吉少，再回来是没有指望的，我得让别人知道我的下落。我写完纸条，提着那只装有摩托艇的旅行箱，走出洞口，我留恋地望了一眼憩睡中的山峦和黑森森的树林，很快就滑到陡崖下面的沙滩上。我踉踉跄跄地向浪涛涌来的方向走去，当我的鞋里灌满温暖的海水时，我打开旅行箱，把摩托艇推入海中。

“很快，小艇离开了景色模糊的海岸。我重新把定时炸弹安装好，放在小艇的船首部位，同时取出那五封信，准备把它们抛入海中。可是，就在我的手已经伸出船帮时，我突然改变了主意，我从旅行箱里找出一个防水塑料袋子，把这些有朝一日能够重见天日的罪证放进袋子，郑重地捆在我的皮带上。做好这些，我按了按声呐的揿钮，安详地等待着我自己最后时刻的到来。

“这时候，天快亮了，远方的海平线出现了一抹淡青色的曙光，波动的海面像一幅软缎那样光滑柔软，我想，我能够最后长眠在海的怀抱，也并不坏，只是来不及看一眼那壮丽的日出，那即将跳出大海的旭日，多少是有点惋惜之感。不过我的遐想很快就被眼前发生的景象打断了，在我发出信号后不过十几秒钟，平静的大海突然像起了风暴，翻腾发怒了，我明白，幽灵岛收到了我的信号，我不由得全神贯注，全身肌肉绷得紧紧的……接下来发生的情况，我就不必细谈了，实际上那不过是几秒钟的时间，一切都像闪电似的。当我一眼发现海面上涌起幽灵岛的巨大躯体时，我什么都忘了，开足马力向它冲去，实际上这是一种错觉，是它在吸引我，但是当我发现愈来愈接近它时，一股很猛烈的反冲力把我从小艇中弹了出来，扔得很远很远，那艘摩托艇像脱缰的野马直奔幽灵岛而去……”

李壮飞说罢，法国女记者接着又问：

“这是什么缘故呢？”

“这个嘛，只有幽灵岛的设计师才能回答咯。”李壮飞笑笑，“我猜想，这是因为幽灵岛的电子识别仪所起的作用，女间谍在她的信里也记载了类似的情况，不过那是进入幽灵岛后发生的。也许，他们临时改变了主意，加强了警戒，因此对于我这个不速之客，就毫不客气地谢绝参观了。”李壮飞说得非常风趣，会议室里顿时活跃起来。

“我还有个问题。”女记者站在人群中间，手里握着录音机的话筒，说道，“我们法国的广大读者对于玛格丽特小姐的命运非常关心，他们希望知道这方面的情况，局长先生能否就这个问题谈一谈？”

女记者的话刚刚出口，李壮飞低垂着白发苍苍的头，招呼了一下赵鹏，一同离开了座位。这个反常的举动，使整个会场的气氛突然肃穆起来，像是袭来了一股寒流。

李壮飞和赵鹏提着各自的行李，默默地走出会议室，在无数双眼睛的注视下悄悄地离开了。

他们走过长长的走廊，走下宽大的楼梯，远远地，仍然能听见警察局长的声音：“……玛格丽特小姐是一位善良的女性，她一生热爱中国，对中国人民怀有深厚的感情……不幸的是，一个星期以前，她被秘密杀害……”

他们走到了警察局的门口，在他们眼前，是一座花园般的美丽城市。暖烘烘的热带阳光洒在火红火红的不知名的热带花卉上，照耀着绿草如茵的广场，也洒在他们的脸膛上。远处，佛塔的金顶闪烁着耀眼的光芒，有一群叽叽喳喳的鸟儿在上面盘旋，这一切的背景，则是一片像海水一样碧蓝可爱的天空。

一场人为的风暴过去了。李壮飞和赵鹏对视了一眼，默默地朝着等候他们的轿车走去。在他们即将前往的路上，也许还有崎岖的山路，也许还有狂风暴雨，但他们坚信，科学是不可战胜的，科学是为全人类造福的，任何人企图亵渎科学，用科学的成果牟取私利，甚至与全人类为敌，最终都难逃科学的惩罚。

他们向普吉机场驰去了，那里，波音999做好了起飞的准备……